umtänzeln

FERIDUN ZAIMOGLU

Der Mietmaler

Feridun Zaimoglu

Der Mietmaler

Eine Liebesgeschichte

Mit 18 Bildern
gemalt von Feridun Zaimoglu

Langen*Müller*

Schutzumschlag: Wolfgang Heinzel
Umschlagbild: Feridun Zaimoglu
Druck und Bindung: Print Consult GmbH
Printed in the EU
ISBN 978-3-7844-3324-0

Auch als ebook

www.langen-mueller-verlag.de

Ich war ihre Verdammnis. **Sie verdarb, weil ich malte. Ich war eine vergraute Seele, ein mit Blut erkauftes Glück. Sie schimpfte, sie sagte: Hältst du mich für ein schoßnasses Mädchen? … Was antworten? Ich blieb still. Wir saßen im Bahnhofseingang, sie schimpfte und rieb am Wundschorf an der Ferse. Von hinten schlich sich ein Aufsichtsbeamter heran. Treppensitzen laut Hausordnung verboten. Ich stand sofort auf, streckte die Hand ihr entgegen – Schlag auf die Finger. Sie umstimmen – unmöglich. Es war leichter, Erbsen durch einen brennenden Reifen zu schnippen. Sie nannte mich: einen Zersetzer, ein tintenverspritzendes Tier. Sie verdammte meine Verstohlenheit. Sie behämte mich, weil ich mir das Gesicht nass schwitzte. Der Beamte schlug mich dem Gesindel zu;**

er blieb in meiner Nähe: Liebe verglommen, ein Kerl wird von einer Frau angeschrien, der Kerl könnte Ärger machen. Die Henkel der Stofftasche schnitten mir in die Schulter, ich erlitt es. Sie preschte voran, ihr Schatten schnitt meinen Ausfallschritt. Ich war ein Hund, der ihr folgte. Kein Charakter, keine Ehre, nur Hunger nach Futter. Ihr dick geflochtenes Haar am Rücken fest im Blick. Sie drehte sich im Gehen um, sagte: Du rührst mich nicht an, nie wieder! … Sie sprach fluchbeladene Wörter. Hör nicht hin, dachte ich, später wird es ihr nicht leidtun, später wird sie es vergessen. Die Stofftasche fiel mir vor die Füße, ich bückte mich, ihre Faust streifte mein Ohr. Der Beamte wollte intervenieren, trat die Tasche zur Seite, fragte: Belästigt der Mann Sie? … Sein Kollege streifte sich enge schwarze Handschuhe über. Die Männer wollten mich festsetzen, ich beteuerte: Nur eine Krise, nur ein Streit, Sonja tobt, aber es geht bald vorbei, Sonjas Herz ist nicht gebrochen, und ich tue ihr bestimmt nicht weh … Ich klang verdächtig nach einem Sonntagsirren.

Wir verhandelten, ich zupfte verlegen am Saum der dünnen Jacke. Sie stellten zehn Fragen, ich gab zehn Antworten. Sonja verschwand.

Der Weg zu ihr nach Haus führte mich durch die Straße der aufgegebenen Geschäfte. Bruchstücke der Bordsteinkante auf Höhe eines Wettbüros, kleine Steinbrocken, über den Gehweg verteilter Müll. Die einstigen Inhaber waren bekehrt: Arbeit im Armenviertel lohnte selten. Auf den Balkonen saßen Frauen mit frisch gecremten glänzenden Gesichtern. Sie schauten herunter. Sie strichen die Augenbrauen glatt. Sie rochen an ihren Fingerspitzen. Ihre Söhne hingen der harten Schule an: Keine Ablenkung zulässig; ruhen, bis man schimmelte, durften andere; für jede Ausrede verlor man einen gesunden Zahn. Verehrung machte ihre Mütter glücklich. Eine Frau sang ein Lied, verstummte mittendrin, lehnte sich weit aus dem Fenster. Ihr Mann war an einem unbeschrankten Bahnübergang ums Leben gekommen. Am Steuer saß seine junge Schwägerin. Das Auto wurde vom Zug gerammt und mitgeschleift. Die Gerüchte machten die Frau faltig. Sie kaufte dünn geschnittenes Brot, jede Scheibe genau sieben Millimeter dick. Jetzt sagte sie: Für acht Scheiben vom Hausbrot habe ich ein Euro vierzehn bezahlt … Wir unterhielten uns, sie sah mir meinen Kummer an. Ich zog weiter, ich wollte schnappen nach fliegenden Schnipseln, die der Wind verwehte.

Ihre Wohnungstür war angelehnt, im Flur brannte Licht, meine Tasche hatte sie neben dem Garderobenständer abgelegt. Sie saß am Arbeitstisch: Sonja vom fahlen Licht des Geräts beschienen. Im Hinterhof zerbiss der Kater des Hausmeisters einen Reviereindringling. Kampflaute eines Tiers. Sie schwieg. Hässliche Minute der Zermalmung. Kein Wort des Zweifels, für sie waren Abschiedsworte nicht erwägenswert. Ich flehte zu Gott, bat um einen Glücksgriff, es geschah nicht. Nachfassen unmöglich. Befrieden unmöglich. Stille nach dem Feuerwerk.

kommender
Regen

Ich sagte: Wollen wir uns nicht vertragen? … Keine Ehre, kein Charakter, nur Hunger. Kleiner Hund schnappte nach seinem Stummelschwänzchen. Ich legte den Zweitschlüsselring auf den Tisch. Der Tag ging langsam in den Abend über. Jeder Schatten ein Schmierfleck. Sie verspannte – besah ich sie wie ein Schaustück? Würde ich dies eingefrorene Bild aufs Papier bannen? Nichts von mir nimmst du mit, sagte sie leise. Heraus aus diesem Raum. Ihren Schal am Garderobenhaken steckte ich ein, sie sollte ihn vermissen. Losgehen. Im Park, am Teichufer, Reifenspuren im Schlick. Ein Kind plärrte, es hatte sich in die Hosen gemacht. Eine Südländerin wechselte ihm vor aller Augen die Windeln. Ihr Mann sprang aus dem Busch, als wollte er einen Abartigen abwehren. Ich streckte ihm die Hände hin: Stiftschwiele am Mittelfinger, Graphitstaub unter den Nägeln. Er wedelte mich fort. An der Bushaltestelle vor meiner Haustür stand eine junge müde Putzfrau – ihr würde ich gefallen wollen. Den Fahrplan kannte ich auswendig, knapp zehn

Minuten hatte sie zu warten. Ich stürmte die Treppen hoch zum dritten Stock, schloss auf, ließ die Tasche sofort fallen, griff zum Skizzenblock, setzte mich ans Fenster, setzte die weiche Mine oben leicht rechts auf. Im Anfang des Porträts: der Scheitel. Nicht zittern. Mit der anderen Hand Papier glatt streichen. Dort unten Frau, von oben beschaut, hellblondes Haar, Frau trug Arbeitskittel, das Oberleder ihrer Schuhe mit dünner Sohle zum Schlammbeige verblichen. Der Bus hielt mit einem Ruck, sie stieg hinten ein. Am linken Ohr ertaubt, als Halbertaubte wollte sie aber nicht gelten. Die Dame auf dem Nachbarsitz tippte sie an, sie wandte sich ihr zu, neigte den Kopf. Jetzt verstand sie, dankte ihr, strich sich Spinnweben aus dem Haar. Sie dachte: Ich werde mich heute Abend schön machen, ich werde ausgehen, ich werde nur zwei Gläser Wein trinken, ich werde auf die Toilette gehen, mich im Spiegel betrachten und mich über meine Stirn ohne Falten und Furchen freuen. Sechs Haltestellen später stieg sie aus. Fünf Minuten später strich sie sich im Badezimmer ihrer

Parterrewohnung Feuchtigkeitssalbe über Stirn, Kinn und Wangen. Sie dachte: Wie nennt man eine Maus, die ihr Nest im Ohr einer Katze baut – kühn oder dumm? Mut der Männer – eine Abscheulichkeit. Trotzdem. Sie war in guter Stimmung, sie wollte im Ohr eines Mannes Zweiglein ablegen. Rock und Bluse in gedämpften Farben, Schuhe ohne Absatz, keine Lockmittel. Sie aß im Stehen an der Balkontür. Keine Schminke. Keine Herzensbindung im Sinn. Sie schlüpfte in den Sommermantel mit der aufgerauten Knopfleiste, verließ das Haus, streifte durch Gassen, stolperte kein einziges Mal. Ein ihr entgegenkommender Mann gurrte sie an, sie lächelte nicht. Vorbei an Bürgerhäusern, vorbei an kleinen wilden Gärten. Die aus anderen Vierteln der Stadt Zugezogenen waren schlichte und stumpfe Menschen. Sie dachte: Buschland der Männer mit Geld; erstickt nicht am Bissen, der leicht in der Kehle stecken bleibt.

Das Lokal am Ende der Straße gehörte einem Mechaniker, den sie hatte abweisen müssen. Er sah sie

eintreten, nickte, wies mit dem Kinn zum freien Katzentisch am Fassadenfenster. Sie legte den Mantel über die Rückenlehne des Stuhls – eine vorbeugende Maßnahme: Sie würde gezwungen sein, gerade zu sitzen. Er fragte sie nach ihrer Tagesform, blieb diskret. Ein trotz der kleinen Übel unverdrossener Mann. Drei Kinder von zwei Frauen, Kleinkrieg mit den Frauen, die ihn straften, weil er sich intensiver Verhältnisse entzogen hatte. Er sagte: Schmerzen deine Füße … Ja … Empfehle Fußbad … Jeden Abend vor dem Schlafengehen … Gut so …
Er verschwand in der Küche, der Kellner brachte ihr ein volles Glas kaltes Zitronenwasser, wünschte guten Trunk. Das klingt seltsam, dachte sie, ein Mittzwanziger sollte derart altmodische Worte nicht in den Mund nehmen. Sie schaute hinunter und bemerkte die Risse im Schuhleder. Eine Frau betrat das Lokal. Kurz berockt, hoch gehackt. Trug Schwarz. Messingknöpfe am Jackett. Schön im Licht und im Schatten. Der Wirt zuckte bei ihrem Anblick zusammen – nein, falsch: Er starrte sie an, bis sie sich abwandte.

Sie kam an ihren Tisch und sagte: Die Gesellschaft einer Unbekannten ist für Sie sicher eine Belastung. Darf ich mich hinzusetzen? Die besten Tische sind reserviert oder besetzt … Sie nahm Platz, stellte sich vor: Agnes. Mona.

Die Frauen schwiegen wie müde Krieger in der Gefechtspause. Sie bestellten Getränke, sie zupften am Stoff der Bluse, des Rocks, des Jäckchens. Agnes roch nach Hyazinth. Der Wirt sprach mit dem Kellner, instruierte ihn, brachte seinen Stuhl mit, setzte sich hin und wartete. Also, sagte Agnes, ich habe mir die Backenzähne ziehen lassen. Du weißt, ich hatte es schon damals geplant. Jetzt habe ich ein schmales Gesicht mit Hohlwangen bekommen … Er wollte ihr ein Kompliment machen und versagte. Lag es am Kneipenlärm? Störte ihn die fremde Frau, die Augenzeugin? Mona aber gab ihren Platz nicht auf. Sie wollte auch nicht aus purer Höflichkeit auf die Toilette gehen. Dort hätte sie sich nur in der Kabine eingeschlossen und ihre Fingernägel angestarrt, versunken und verdrossen. Er sagte: Wir hatten eine Abmachung. Ich verkehre nicht mit deinen Freunden, ich meide dein Viertel. Ich komme dir nicht in die Quere. Weshalb tauchst du in meinem Laden auf? … Genug Zeit verstrichen, sagte Agnes, wie ich sehe, hast du Erfolg … Und er lächelte sie an – es war eine Entartung seines Gesichts. Er erinnerte sich an ihren Abschiedsbrief, er zitierte: Du bist ein Schwein, das Totenfinger benagt. Dein Arsch ist zu klein. Mehr hab ich nicht zu sagen. Blöder Kerl … Vier kurze Sätze, sehr einprägsam, unvergessliche Verse, Hass und Wut, Treffer, hatte gesessen, das müsste er zugeben. Das Lob freute sie. Ein Blick zu Mona: eine gleichgültige Frau. Agnes versprach ihr, bald zum Ende zu kommen, sie wollte nur noch eine Sache mit ihrem gewesenen Freund klären. Ja, sagte sie …

Ich legte Stift und Blätter beiseite, ich fing schon an, leere Flächen vollzuzeichnen. Zwei Porträts, zwei ausgestellte Gesichter, den Betrachter anschauende

Frauen. Wesenskräftigung. Albernes Wort, das mir einfiel. Helmut, das Jüngelchen, hatte es gesagt, vor langer Zeit. Im Jahr, da er ausbrach, weil alles, fast alles, wider Erwarten schieflief. Er erwog kurz den Übertritt. Neue Kleider, neuer Glaube, neue Stadt. Mein bester Freund Helmut, sein Lieblingssatz: Da oben im Himmel gibt's kein Krankenhaus … Schluss damit. Die Gespenster meiner schlechten Tage waren verscheucht, es gab keinen Grund, sie zu rufen. Ich strich Schmalz aufs Brot, aß zwei Scheiben, rührte die dritte Scheibe auf dem Teller nicht an. Buntstifte ordnen, der nächste Malrausch würde kommen. Meine letzten Arbeiten bereiteten mir Verdruss. Öl auf Leinwand, Acryl auf Hartfaserplatte, wilde Dinger, Früchtekörbe, Landschaften, Passanten mit oder ohne Hund an der Leine, öde Dinger. Erloschen die Glut. Malerisch, keine Malerei. Ich sah und hielt alles fest. Was ein Fehler.
Ein Apparat konnte das besser. Das Bild auf der Staffelei im größten Zimmer: eins achtzig mal zwo vierzig, Leinwand. Was sah ich, was hatte ich gemalt?

Kniff und Kunststück, Spinnerkunst. Cremigkeit. Männer, der Erde entwachsen, sich krümmende Gestalten, Tummelplatz. Ich spuckte das Bild an, der Speichel verlief als lotgerades Rinnsal zur unteren Kante. Zum Heimwerker war ich verkommen, ich sollte Kreide kaufen, ich sollte mein Glück als Pflastermaler versuchen. Eine Stunde war ich damit beschäftigt zu putzen, zu spülen, zu waschen, Bettwäsche zu wechseln. Zwischen den Arbeitsgängen legte ich Fünfminutenpausen ein. Pause von der ordentlichen Arbeit. Meine Bilder an den Wänden grämten mich, also hängte ich sie ab. Ich war schlau geworden wie ein Hund, der sich am heißen Fleisch nicht die Schnauze verbrennen mag. Zum dutzendsten Mal dachte ich: Sie wird nicht anrufen. Saison der kalten Herzen, es kümmerte keinen, es würde auch mich bald nicht kümmern. Raus, unbedingt ins Freie. Prächtige Passanten, Schadstoffe in den Lungen, Stadtluft, Stirn, Schädel und schlaffe Haut, und der Leib nur ein Organbehälter, Tauben umflatterten sie und mich, Stadtpest.

An der Tür meiner Mutter verhielt ich kurz, kämmte mit der gefächerten Rechten das Haar. Nach dem Tod meines Vaters hatte Gott ihr Herz berührt. Körperliche Liebe machte sie nicht, Wodka trank sie ja auch nicht. Sie umarmte mich. An ihren Schläfen Brillenbügelrinnen. Beute des Tages, sie zeigte sie vor: ein Butterausstecher, eine Grobreibe. Schön, sagte ich, hat wahrscheinlich nichts gekostet.
Sie freute sich über meine Worte, ich durfte auf dem Sofa Platz nehmen. Sie sagte: Gebrauchter Pflug blinkt. Dann sprach sie von der saugemeinen Schäbigkeit der Nachbarin. Jahrelanger Kleinkrieg. Zwei sture alte Damen, jede gewillt, die andere zu überleben. Hörgerät, Krückstock, Pillen – unwichtig. Streit gab Kraft. Letzte Attacke der Feindin: Bratöllache auf den untersten Treppenstufen. Meine Mutter sollte ausrutschen und sich den Hals brechen. Diesen Gefallen tat sie ihr nicht. Der Wahn bauschte meine Mutter auf wie eine Tüllgardine. Sie zeigte mir die entzündeten Poren am Unterarm.
Die Nachbarin besprühte ihre knielangen Unter-

hosen auf der Wäscheleine vom Nebenbalkon aus mit Hautgift. Was eine Teufelei. Deshalb stand die Wäschespinne in der guten Stube. Es roch nach Haarfestiger und Erbsenpüree. Sie sagte: Auf einer Zehe stehend werd ich mit der fertig!

Ich war kein Mutterforscher. Tiefe und Vertiefung schwebten mir nicht vor. Sohnesliebe – eine Tüte Luft. Sie hatte mich gesäugt, ich hatte ihre Brustwarzen geschmeckt – es erschütterte mich noch heute. Meiner Mutter Glaubenssätze: Sie hasste das kalorienarme Leben. Sie glaubte an das Weltende durch Gesteinshagel. Sie fand Statuen lästerlich; der Anspruch der Gottgleichheit war lächerlich: Keine Statue würde die Zersetzung überdauern. In meiner Malerei entdeckte sie ein Bubenspiel. Sie hielt mich für einen Kosmetiker, ich schminkte kein Frauengesicht, ich schminkte Stoff und Holz. Sie glaubte nicht an Opfergaben. Einige Zentimeter unter der Oberfläche: der optimale Lebensraum – tief genug, um nicht an Blödheit zu sterben.

Sie glaubte nicht an das lange Siechtum. Den Sieg der Ratten und des Virus konnte man nicht abwenden. Kakerlaken schlug man tot. Hirn vieler Menschen verdarb oder war von Geburt an verdorben. Also gab es Mörder, Sadisten, Schänder und die Nachbarin. Ich sagte: Ihr habt euch doch bis vor Kurzem immer zum Kaffeekränzchen getroffen … Mutter schäumte, stand auf, um besser geifern zu können. Das grindige Mädchen Ernestine, wie hatte es sie ge- und enttäuscht! Schuhsohlen sollte es fressen! Geschirrtuch ins Schandmaul stecken sollte man! Bis aufs Blut schämen müsste es sich! Weshalb? Weil es trotz des bösen Herzens in die Kirche ging, um den Segensspruch zu empfangen. Wie konnte es ihm so leichtfallen, böse zu sein? Kaputt gespielt hätte es sich, und außerdem stammte es vom nylonfressenden Banditenvolk ab. Ich hakte nach, meine Mutter verriet mir Ernestines dunkelstes Geheimnis: Ihre Vorfahren wären aus dem Slawenland her gekommen. Gesindel, fremde Leut, in Kellern gebrütet. Gerede? Kein Gerede! Mutter:

Du hörst nicht zu. Das grindige Mädchen macht Anschläge auf mein Leben! Es hat schlechte Natur! Es lauert mir auf! Bratöl gießen – wo gibt's denn so was? …

Ernestine. Zwei Mal in der Woche, auf den Krückstock gestützt, ging sie aushäusig essen. Sie bestellte das einzige Wildgericht auf der Speisekarte. Nach einem Blick auf die Rechnung sagte sie immer leise: Woanders würde man mindestens das Andertfache bezahlen. Ernestine, das alte Mädchen, das der alten Herrschaft nachtrauerte. Früher, bis vor fünfzehn Jahren, hatte sie die Leut zum Sauschädelessen eingeladen. Jede kam, jede aß, jede wurde glücklich. Auf einem Foto im dicken Album sah man sie, die Dame des Hauses, an der Tafel stehen: großer Topf in Händen, stolz im Festtagskleid, schweißfeuchter Ausschnitt, die Gäste saßen. Bald war Schluss damit, wegen des Geredes. Wer zerriss sich das Maul über sie? Die Spülichtsau von nebenan. Sie hatte das Gerücht in Umlauf gesetzt, Ernestine würde bei sich zu Hause Herrschaften im Nachthemd bewirten. Sie ließe sich für die Verköstigung von Lustgreisen und vornehmlich für niedere Dienste im Dunkeln bezahlen. Das hüftschwere Weib log. Auch die alten Leut liebten polierte Äpfel – sie wusste es sehr wohl. Tatsächlich bekam sie Besuch von einem einzigen Mann, der eine Kuhle in den Sessel saß. Ernestine hatte ihn, der vor der Zeit erschienen war, im Morgenmantel empfangen. Die Spülichtsau erschien im nämlichen Moment im Etagenflur, kniff die Lippen zusammen, lief mit bebenden Backen vorbei. Neid düngte ihr Hirn, sie fraß Schlick.

Der Mann. Prächtig geratener Charakter, prächtig geratene Augen, Narbe zerteilte die linke Augenbraue. Jugendverletzung. Rauferei mit einem Bub, der ihn, das Flüchtlingskind, verhämt hatte. Ernestine wusste, dass er flunkerte, Schmelz in der Stimme verriet ihn. Es machte ihr nichts aus, er wollte auf der Brust trommeln, er gab vor ihr an. Sie tranken immer einen angesetzten Zirbelschnaps

zusammen, es blieb nicht nur bei einem Glas.
Und dann? Ging niemanden etwas an, am wenigsten das neidische Weib. Wem der Sohn zum Asozialen geriet, sollte ganz still sein. Sie hatte einen gesunden Kerl, der für sie schwärmte. Manchmal rief er an, immer nach den Abendnachrichten, und wenn sie ihn nach Tagesverlauf und Tagesgeschäften ausfragte, sagte er: Alles egal. Hauptsache, Tagesende ist prima … Oder er sagte: Ist mir wie Teppich an der Decke. Läuft keiner rüber, muss man nicht saugen …
Könnte es sein, dass sein Leben viele verriegelte Türen hatte? Ernestine schreckte hoch, jemand klopfte gegen die Tür. Sie bat ihn hinein, ein Besuch außerhalb der festgelegten Zeiten. Anzug, Krawatte, polierte Schuhe. Blumen, aufwendig verpacktes Geschenk. Er beglückwünschte sie zum Geburtstag, bemerkte ihre Bestürzung, fluchte leise, erklärte: Der Friseur, sie wüsste schon, er führte den Laden in der Seitenstraße, dieser elende Strolch wusste um sein amouröses Verhältnis, und er hatte ihm von Ernestines bevorstehendem Geburtstag erzählt.

Ein Versehen? Ein Missverständnis? Ein böser Scherz? Sie füllte zwei Schnapsgläser. Nach dem ersten großen Schluck und einer Schweigeminute sagte sie: Bei ihm lässt sich das Weib die Haare tönen. Ich bin mir sicher, dass das Weib dahintersteckt … Sie wollte hinausstürmen, doch er beruhigte sie mit folgenden Worten: Halt dich ans Gesetz. Bleib in deiner warmen Ecke. Wenn du jetzt randalierst, zeigt sie dich wegen Hausfriedensbruch und Gefahr an Leib und Leben an. Du hast den Schaden, sie wird dann tagelang lachen … Diesmal schenkte er ihnen ein, und sie tranken. Ihre Wut war nicht ganz verraucht. Er überreichte ihr das Geschenk, er sagte: Nimm es dir nicht zu Herzen. Sie hat sich ins Knie geschossen. Du wirst beschenkt … Ernestine wurde munter, sie zerbiss die Schleife, sie zerriss das Papier, er dachte: Aha, das ist aber nicht die damenhafte Art.
Ein Seidenschal. Bestickte chinesische Pantoffeln. Schuhgröße richtig geraten, sie passten. Sie plumpste auf seinen Schoß, er unterdrückte einen Schmerzenslaut, ein Pantoffel flog auf den Boden. Presste

die Intrigantin ihr Ohr an die Wand und lauschte den Geräuschen? Was glaubte sie wohl zu hören? Dame und Herr, einander küssend in der Umarmung? Unzucht in der Kammer? Unterschätzte Ernestine sie? – sie sprang auf und sagte: Hattest du was mit der? … Mit wem? … Ich wusste es … Sie ließ sich nicht besänftigen, er musste weichen. Richtig, er war ein Galan der alten Schule. Richtig, er schaute Frauen gerne an. Doch was Ernestines Nachbarin anging, hatte er nicht gelogen. Richtig, es wäre ihm schwergefallen, ihrem Wink nicht zu folgen. Falsch: Er buhlte keineswegs um ihre Liebe. Er trat den Heimweg an, beschloss aber an der ersten roten Ampel, eine andere Richtung einzuschlagen. Jetzt erinnerte er sich an Ernestines Abschiedsworte im grollenden Ton: Ich werde die Pantoffeln auf dem Balkon nassregnen lassen! Leidenschaft oder Irrsinn? Diese Frauen in den benachbarten Wohnungen – ein Rätsel, zwei Rätsel. Was blühte ihm, würde er Ernestine gestehen, dass er sie nicht liebte. Eine Liebelei …

Ich hielt inne. Warf das Blatt zu den Blättern auf den Tisch. Knüllgesichter. Meine Mutter, Ernestine, ihr Freund, der alte Galan. Porträts aus Strichen, gekrümmt, geschwungen, geschlängelt. Haar: Gekräusel aus Graphit. Figur: Licht und Schraffur. Der Hintergrund fehlte oder war nur als Ruine vorhanden. Meine unruhige Hand. Sonjas Porträt: gelungen. Sonja gelang mir immer. Ich notierte, um nicht zu vergessen. An Gestrüppdornen hängen gebliebene Plastikfetzen; vorne, vom Betrachter halb abgewandt, eine Grazie; entrückt, vom Wind berauscht, ein Lied summend.

Ich hatte schlecht geschlafen, ich hatte schlecht geträumt: Ein Pelztier leckte mir die Lider voller Falten glatt. Gutes Zeichen, schlechtes Zeichen – ich verbot mir eine Deutung. Manche Männer träumten vom Feuergefecht, in dem die Angreifer umkamen. Ich träumte von meiner Beleckung durch Spukwesen. Helmut – da, schon wieder, schon wieder dachte ich an ihn. Drei Jahre nicht gesehen,

Freundschaft bitter beendet. Schlug seine Nummer im Telefonbuch nach, starrte auf die Zahlen, ich dachte: Bin ich der aller Kraft Beraubte, dass ich Trost suchte bei einem Mann, mit dem mich nichts verband? Material der Launen – das war ich. Rief also stattdessen Sonja an, nach dem zweiten Klingelton meldete sie sich: Du musst noch deine Kleinigkeiten abholen … Was? … Deine Zahnbürste, deine Zahnpasta, dein Kaffeebecher, ein paar Stifte, ein paar Schuhe, zwei Hemden, Unterwäsche. Passt alles in eine große Tasche. Deine Bildbände und Bücher … Schmeiß sie weg … Werd ich nicht tun … Du machst Schluss? … Ja, sagte Sonja, morgen bin ich den ganzen Tag nicht da, ich packe dein Zeug in Plastiktüten. Sei ein anständiger Mann. Wühl nicht in meinen Sachen herum. Bitte … Ich habe dir doch die Zweitschlüssel ausgehändigt … Ach ja. Dann müssen wir uns eine andere Lösung einfallen lassen. Ich melde mich … Und Schluss. Die Lösung: Sie würde die Tüten vor meiner Tür abstellen. Sie würde so leise sein, dass ich es nicht bemerkte.

Sie ging in der Liebe nicht nach der Farbenlehre. Rot war nicht Liebe. Weiß war nicht Licht. Blau war kein hoffender Käfer. Für sie galt ich als überwunden. Mit meinen Buntstiften konnte ich ihr kein kleines Glück ermalen. Am besten durch das Viertel streifen, Spuren suchen. Werbeschild einer Schneiderei: Wir reparieren, ändern, kürzen, engen, weiten, längen, füttern sämtliche Damen- und Herrengarderobe (auch Leder und Pelze). Garderobe füttern – das war lustig. Lief weiter in andere Gegenden. Ein Schmuckladen warb mit Leitspruch: Das Neue und Neues wieder da! Bettler bat um eine Gabe, ich winkte ab, er wandte sich sofort einem anderen Passanten zu. Bettler zum Bürger: Haben Sie fünfzig Cent? Haben Sie's passend? Große Lücke in meinem Leben, dachte ich, müsste ich nicht die Lücke füllen? Bettler zu einem anderen Bürger: Haben Sie eine kleine Spende, dass ich Wäsche waschen kann?

Vor den Stufen des Theaterhauses sah ich junge Frauen und Männer hüpfen und die Luft umarmen.

Alberne Turnübungen im Freien. Angehende Tänzer. Wahrscheinlich protestierten sie gegen die Geldverknappung. Die Lehrerin saß in der Nähe, auf einer Parkbank. Schlüpfte aus dem linken Schuh, besprühte ihren Fuß. Die Spraydose verschwand schnell in der Jutetasche. Ihre Füße schwitzten, ihre Zöglinge schwitzten. Sie bedeutete mir, ihr Gesellschaft zu leisten. Ich kannte sie als resolute Lesbe, die die Männer nicht ausmerzen wollte. Sonntags ging sie in die Kirche, danach schlief sie mit ihrer Gespielin. Woher wusste ich das? In der Kultur rückten wir alle zusammen, behaupteten uns, verteidigten unseren Platz und unseren Stammtisch in Künstlerkneipen. Sprachen über Intimitäten wie über einfache Handlungen. Ihre damalige Gespielin hatte ihr in der Stammkneipe eine Szene gemacht, im letzten Jahr im Sommer, Sonja hatte vermitteln wollen, war aber von den grimmigen Liebenden zurechtgewiesen worden. Die Gutherzigen galten in der Kultur als leere Patronenhülsen. Die Lehrerin sagte: Es sieht aus, als würde es zuziehen: Ein ruhiger

Abend – die Leute bleiben zu Hause … Ich blieb stumm, beobachtete ihre Schüler. Sie tanzten, und es gefiel mir. Eine Frau mit einer vollen Plastikflasche auf dem Kopf ahmte eine sich häutende Schlange nach, die Flasche blieb auf ihrem Kopf, Passanten applaudierten. Ich sagte: Wieso tanzt ihr auf der Straße? … Welttanztag … Sie kniff mir in den Arm, eine blöde Angewohnheit von ihr. Sie mochte Männer mit blauen Flecken.

Leerlauf? sagte sie.

Ich zeichne.

Ist doch gut.

Ja, sagte ich.

Habe gehört, dass ihr euch getrennt habt.

Sie wollte es so.

Du nicht?

Männer sind etwas langsam, sagte ich.

Meine Worte munterten sie auf. Ein Schüler lief herüber, lachte sie an, lachte alles an, trank Wasser, kratzte sich beim Sprechen an der Brust, die er, passend zum Ausschnitt, kreisrund von Haaren

freigeschabt hatte. Er kannte mich, sie kannten mich alle. Sonja unterrichtete Tanzchoreographie. Jazzdance. Fremde Welt. Jedes dargebotene Stück von Sonja befremdete die Bürger, natürlich durfte sie nicht um die Gunst der Laien buhlen. Man hielt sie für ein großes Talent. War ich neidisch? Nein. Der Schüler ging tanzen. Die Lehrerin fragte mich, ob ich auf der Pirsch wäre und Wild jagte.
Ich verstand: Sie verbot mir, eine junge Frau aus ihrer Klasse anzubalzen. Das hatte ich nicht vor.
Von meinem vereisten Unterleib sprach ich, und von anderen Möglichkeiten, mich abzulenken.
Red keinen Unsinn, sagte sie, als mich meine Freundin verließ, brannte ich mir eine Schneise durch die Lesbengemeinde. Und dann fand ich meine jetzige Frau … Ich soll mich umschauen? …
Vielleicht nicht in meinem Stall. Und vielleicht nicht wieder eine von meinem Fach … Sie zog mich auf, warf mir im neckischen Ton vor, recht phantasielos zu sein. Andere Männer wären bekannt für ihre Frauengeschichten, mich schlüge man den Halbge-

zähmten zu. Ich sagte: Wieso glaubst du, dass ich gezähmt bin? Eine dumme Frage, sie gab mir keine Antwort.
Die Lehrerin eilte zu ihren Schülern, ich blieb eine Weile sitzen. Die nächsten Tage würden ereignislos verlaufen. Übermacht der Glücklichen – nicht verzweifeln. Taube Fingerspitzen, dreckige Finger, ich rieb den Schmutz ans Hosenbein. Schaute zu. Wind kam auf, baldiger Regen. Ich klopfte den Staub vom Hosenboden – welche Richtung? Zum Galeristen. Zehn Minuten Fußmarsch, es nieselte, ich wurde nass.

Im besseren Viertel, jeder Neuankömmling musste erst in den Augen der Eingesessenen bestehen. Sie nannten ihn den Bilderkrämer, den Tandaufschwätzer. Sie kamen zu den Vernissagen, gingen die behängten Wände ab, blieben eisern bei ihrem Vorsatz, kein modernes Dingsbums zu kaufen. Dingsbumshöker. Sie, die Wohlhabenden, hatten Öl auf Leinwand geerbt: Landschaft, frostiger Vorfahr,

Vorfahr an Eiche, Spitze des Gehstocks in regenfeuchte Erde gerammt. Neues verblich, das Alte bestand: ihre Moral. Geschäftsschädigung ihre Lust. Der Galerist litt Not.

Eins sieben fünf sechs, Mozarts Geburtsjahr, ich drückte auf vier Zahlentafeln, die Tür sprang auf, ich fuhr mit dem Aufzug in den zweiten Stock, klopfte an. Der Galerist: ein an der Kaufunlust der ihn Umgebenden Ermüdeter. Gutaussehend, gut gestimmt, Augenringe. Leinenanzug, weißes Hemd. An anderthalb Wänden hingen meine Zeichnungen. Runder neonroter Aufkleber unter einem Bild. Lukas sagte: Der Bann ist nicht gebrochen. Der Käufer wohnt in Berlin, pendelt wegen der Liebe. Er hat seiner Freundin ein Geschenk machen wollen ... Das besagte Bild hieß: Vor der Hoffnung. Kindsfrau, spähend. Augenblick nach der Wildheit, nach einem Anfall, noch aufgewühlt, noch am Strampeln. Kindsfrau in Vorfreude. Der Galerist bot mir ein Sommergetränk mit Kardamom und Minze

IN DER NACHT

an, ich trank es in zwei Zügen aus. Dann reichte er mir einen Umschlag, fünf große Scheine, fünfhundert Euro. Der Käufer hatte ihn heruntergehandelt – sollte ich mich beschweren? Nein. Maler gab es wie Sand am Meer. Mund halten, danken. Lukas sagte: Nimmst du Auftragsarbeiten an? … Eine Frau, nein, nicht aus dem Viertel, aber aus der Stadt, die man mit dem Schnellzug in zwei Stunden erreichen konnte; sie wollte ein Porträt von sich, von einem Maler, der sein Handwerk verstand. Was hieß das? Sie sollte sich in dem Bild erkennen können. Keine Verzeichnung, kein modernes Qualgesicht. Sie hatte das Geld, ich hatte die Farben – ich willigte ein, schrieb ihre Telefonnummer auf die Rückseite des Umschlags. Schneller Abschied. Vertagen und vertragen nicht möglich, ich rief die Dame an. Sie lauschte meinen Eröffnungsworten, ich hielt mich gerade noch zurück, fast hätte ich nach meinem Lohn gefragt. Sie sagte: Sie haben Ihren Preis, nennen Sie ihn mir … Viertausend Euro für eine Woche Arbeit, Hotel- und Fahrtkosten nicht inbegriffen, Kostpauschale von fünfhundert Euro. Fünfzwei unterm Strich. Sie versprach zurückzurufen, sie musste erst darüber nachdenken. Ich strich durch die Straßen, aß Gulasch mit Knödel, nahm mir vor, den Achttagebart zu stutzen. Die Dame meldete sich eine Stunde später: Ja. Wann wollte ich anfangen? Morgen. Bis dann.

Ich machte mich auf die Suche nach Helmut. Klopfte an, fand ihn nicht unter seiner alten Adresse. War er verzogen? Blöde Frage, sagte der Schlachter und Pfefferwurstverkäufer, sehen Sie doch selber. Hier wohnt er nicht mehr … Ich klingelte an allen Türen in drei Stockwerken. Eine misstrauische Frau: Wer sind Sie? … Sein bester Freund von früher … Sie ließ ihn sich beschreiben, sie verlangte weitere Einzelheiten, sie zweifelte. Hören Sie, sagte ich, kann ich Ihnen meine Telefonnummer hinterlassen? Sie scheinen zu wissen, wo er ist. Erzählen Sie ihm von mir, von Edouard. Dann wird er entscheiden, ob er mit mir sprechen mag oder nicht. Sie würden

sich keiner Indiskretion schuldig machen …
Wie sprach ich? Wie ein sumpfböses Geschöpf, das betören wollte. Wie ein Abartiger, der sich mit nasser Hose in der Damenklokabine einsperrte. Ich schrieb meine Nummer auf einen vergilbten Lottoschein, den sie mir durch den Türspalt gereicht hatte. Das Wiedersehen mit Helmut würde wohl an ihr scheitern.

Koffer packen: leichtes Gepäck. Mal- und Zeichenmaterial in einer großen Tasche. Ich dachte an die Argwöhnische: Frau mit Mädchengesicht, Wangen, Stirn und Lippen rot, Haare frisch gekämmt, sie hatte mir nachgeschaut.

Fussel an seinem Rücken, Falten an seiner Hose, Stoff an den Kniekehlen fadenscheinig. Von diesem Mann musste man sich fernhalten. Wieso? Weil sich viel Spucke in seinem Mund sammelt, dachte sie. Weil ich weiß: Barbarei ist Speichelfluss. Vernunft ist trockener Mund. Ordnung ist trockenes Schlucken.

Sie trat ans Fenster, sah ihn bis zur Kreuzung laufen. Er verschwand. Sie telefonierte mit Helmut, sie sagte: Du lockst Geschmeiß an. Keine Antwort. Sie berichtete. Wollte er die Nummer notieren? Er wollte. Dann legte sie ohne Abschiedsworte auf. Maulfaule Männer suchten Aufmunterung – sie war dafür nicht zuständig. Sie telefonierte mit ihrem gewesenen Ehemann, er rief die gemeinsame Tochter ans Telefon. Es ging ihr gut. Die Nacht wob dunkle Spinnweben, sie hörte das Summen der Geräte. Sie zog sich um, sie schminkte sich. Vor dem Verlassen der Wohnung prüfte sie die Luftbefeuchter, den Herd – alles in Ordnung, alle Schalter auf null. Ein Spaziergang durch erhellte Straßen, sie kam pünktlich zur Verabredung.

Der Mann half ihr aus dem Mantel, der Kellner reichte ihr die Getränkekarte: Wollten sie miteinander um die Wette gähnen? Er war verlegen, seine Wangen glühten, rote Sprenkel an der Stirn. Sie bestellten Wein und Wasser. Zeig dein Gesicht,

dachte sie, bleib nicht verborgen hinterm Schuppenpanzer. Er sagte: Diese Sache … Genau, diese Sache. Lehrer traf sich mit Direktorin. Schülerin im geschlechtsreifen Alter, bekannt für ihr aufreizendes Verhalten, behauptete, der Lehrer hätte sie belästigt. Die Direktorin musste intervenieren, obwohl die Eltern Zweifel an der Darstellung ihrer Tochter äußerten. Jetzt, an diesem Tisch zu dieser Stunde, wurde sie wütend. Sie schaute auf ihre Armbanduhr, er verstand, er sagte: Sie bezieht sich auf einen Vorfall am Abend des zweiten Tages während der Klassenfahrt. Wir saßen im Gästeraum des Hotels, er war von der Rezeption aus einsehbar – ein wichtiges Detail, aber dazu komme ich noch. Zehn Schülerinnen und Schüler anwesend, die anderen in ihren Zimmern. Maike kam die Treppen herunter,
die Gespräche erstarben sofort. Sie trug einen sehr knappen Rock und eine transparente Seidenbluse. Ihr BH war … durchsichtig. Sie hatte wohl heimlich getrunken, denn sie war recht enthemmt. Erst zog sie die Jungs auf: Sie würden gaffen, als ob sie noch nie

nackte Brüste gesehen hätten. Dann bat sie mich, ihnen das Gaffen zu verbieten. Ich bat sie im Gegenzug, sich umzukleiden, in diesem Aufzug dürfe sie ganz bestimmt nicht mitkommen.
Ich wurde durch ein Geräusch abgelenkt, wandte mich um und sah meine Kollegin Rita an der Rezeption stehen. Sie blickte in unsere Richtung, machte aber keine Anstalten einzugreifen. Sie wissen, dass wir eine kleine Tändelei hatten … Sie spricht von einer Beziehung … Nun ja, wir mochten einander eine kurze Zeit, dann war es vorbei.
Das steht aber nicht zur Debatte. Seither hält sie mich für keine vertrauenswürdige Person. Wie auch immer, sie stand da und bekam alles mit. Plötzlich sprang Maike auf meinen Schoß. Ich war völlig verdattert … Sie sagt, Sie hätten sie dazu gezwungen … Frau Direktorin, ich bitte Sie. Vor den Schülern, in aller Öffentlichkeit? Man muss mich ja nicht lieben, aber glauben Sie wirklich, dass ich das tun würde? Habe ich mich in der Vergangenheit einer solchen Verfehlung schuldig gemacht? …

Sein wehleidiger Ton schürte ihre Wut, sie wollte ihm den Kopf einschlagen: Seine Unschuld stand eigentlich außer Frage. Was störte sie? Nun endlich konnte er, dieser Mehlwurm, auftrumpfen. Nun endlich konnte er, der Verpanzerte, Aufsehen erregen, weil man ihn zu Unrecht einer Teufelei bezichtigte. Das blöde Mädchen hatte ihm einen großen Gefallen getan. Seltsamerweise verstand sie Maike: Man wollte diesen Mann schütteln, ohrfeigen, verletzen, zu Boden ringen. Bespucken und demütigen.

Sie trank einen großen Schluck, bat ihn fortzufahren – er hatte den Wein nicht angerührt. Er sagte:
Ich drückte, sie stemmte sich dagegen. Da wusste ich mir nicht anders zu behelfen, als die Hände zwischen meinen Schoß und ihr Gesäß zu schieben. Gleichzeitig richtete ich mich auf. Sie fiel hin …
Seine Finger an ihrem Hintern – hatte er die Situation ausgenutzt? Er sprach von einem Befreiungsschlag. Die Kollegin Rita säte Zweifel. Eine alkoholisierte Jugendliche. Die Schüler bezeugten:

Maike war betrunken, Herrn Mathiessen traf keine Schuld. Dieser stocknüchterne Mann, der ihr gegenübersaß, hatte wohl die rote Linie nicht übertreten. Sie sagte: Maike behauptet, Sie hätten sie wie eine Puppe fortgeschleudert, und bei dem Sturz wäre sie verletzt worden … Auch das ist nicht wahr. Rita eilte herbei, wollte ihr aufhelfen. Sie schlug ihr auf die Hand, spuckte in meine Richtung. Dann rannte sie in ihr Zimmer. Ich schilderte Rita, was vorgefallen war, sie ließ es sich an Ort und Stelle von den Schülern bestätigen. Die aufgeplatzte Lippe – sie muss ihre Lippe zernagt haben. Ich bin kein gewalttätiger Mensch. Kollegin Rita streut zwar Gerüchte über mich. Jedoch wird sie nie behaupten können, dass ich Frauen schlage … Erstick doch an deinem Triumph, dachte sie und erschrak darüber. Diese Sache würde sie in Ordnung bringen.
Rita würde sie vorwarnen: Was sie tat, grenzte an Verleumdung. Dieser Mathiessen könnte sie wegen übler Nachrede anzeigen. Aus einem jähen Drang heraus bestellte sie ein zweites Glas Wein. Seltsam.

Mondes
Blässe

Der Fall war besprochen, sie sollte nach Hause gehen. Sie gab ihm in der nächsten halben Stunde Gelegenheit, mit seinen Ansichten anzugeben. Ja, er hatte noch Freude an seiner Arbeit. Nein, er war noch nicht verbraucht. Ja, er wüsste schon mit seiner freien Zeit etwas anzufangen. Sie sagte plötzlich: Vielleicht haben Sie Maike später im Flur aufgelauert und sie geschlagen? … Er glaubte, sich verhört zu haben. Er zeigte auf ihre zitternde Oberlippe und sprach von seiner Unlust, in ein vor Wut bebendes Gesicht zu reden. Einbildung, rief sie. Bei allem Respekt – sollte er ihr einen Spiegel vorhalten? Was sähe sie darin? Er wollte sich nicht wiederholen. Dann Stille. Sie hörten den Mann am Nebentisch Suppe schlürfen. Sie wussten beide, dass er die ganze Zeit lauschte. Hielt er ihren Streit für ein Balzritual? Er führte den Löffel zum Mund, schlürfte, schluckte, starrte auf den Grund der Schüssel. Starrte nicht zurück. Also ließen sie es dabei bewenden. Mathiessen sagte: Was blüht mir jetzt? Werden Sie sich auf deren Seite schlagen? …

Maike hat eine verzerrte Sicht auf die Dinge, sagte sie, ich weiß, ich untertreibe. Ich will keinen Aufstand. Ich will auch nicht, dass Sie einen Anwalt einschalten. Ich will keine Presseberichte. Ich habe mich mit Ihnen getroffen, um zu sehen, wie man da wieder rauskommt. Nach dieser Geschichte – es fiele Ihnen nicht leicht, Sie zu unterrichten … Sie baute ihm eine Brücke, und also ging er über diese Brücke. Ein Handel. Die Schülerin durfte in der Schule bleiben, sie würde zur Parallelklasse wechseln müssen. Eine schriftliche Entschuldigung bei Mathiessen war unumgänglich. Rita durfte sich persönlich beim Kollegen entschuldigen. Dann würden sie alle zur Tagesordnung übergehen.

Ja, sagte er, damit kann ich leben. Natürlich kannst du das, dachte sie, und natürlich werde ich so lange warten, bis du einen Fehler begehst – dann röste ich dich. Schlagartig wurde sie müde. Er ging auf die Toilette, wahrscheinlich in der Annahme, dass sie in der Zwischenzeit die Rechnung bezahlen würde.

Der Mann am Nebentisch zwinkerte ihr zu, sie warf ihm einen bösen Blick zu, er nahm die Abfuhr gelassen hin …

Ich saß im falschen Zug, ich stieg beim nächsten Halt aus. Kleinstadt. Finken tranken aus Pfützen. Bier im Lokal, dachte ich. Suchte und fand. Wirtin versprach, sich im nächsten Leben in mich zu verlieben. Eine Sonderbare trat aus dem Schatten, gesellte sich zu mir. Sie wimmerte leise. Wirtin stellte sie als Kneipeninventar vor. Ihr Wimmern wurde lauter. Die Drohung, kein Bier mehr zu bekommen, wirkte: Stille. Dann Trinkgeräusche. Die Alte war nicht alt, sie trug Omarock und Omamantel.
Ich ging hinaus, stellte den Stuhl in die Sonne, ließ mich bescheinen. Der Himmel: blaue Spritzer, Hauchblau, Sprenkel von lauerndem Grau, wie Fels im Zwielicht. Scheppernde Töpfe, Wirtin schrie den Koch an, er brüllte zurück. Die Junge in Omakleidern setzte sich in meiner Nähe auf ihren großen prallen Stoffbeutel. Wie würde ich sie zeichnen?

Als eine Frau, die aus dem Leeren ins Leere stolperte. Ein komischer Gedanke: Es gibt Unbefleckte – man sollte über sie staunen. Man sollte schaudern bei ihrem Anblick. Sie wimmerte wieder. Ich sagte: Was ist los? Sind Sie krank? Haben Sie Schmerzen? Keine Antwort. Stimmungsumschwünge zermürbten sie, ich war mir fast sicher. Ich stand auf, sah kleine trockene Blüten in ihrem Haarscheitel. Ich sagte: Kann mich nicht um Sie kümmern, es ist dafür ein anderer zuständig. Wirtin verlangte einen Wucherpreis, ich fluchte. Bauarbeiten im Bahnhof. Sirenenhaft dröhnende Steinschneider, Säge biss sich hinein, Kühlwasser sprotzte aus der vorderen Düse. Kleines gelbes Schild mit rotem Blitz am Treppenaufgang, es warnte vor der Annäherung an herabhängende Drähte. Bei der Einfahrt des Zuges vibrierte der Bahnsteig. Drei Stunden Fahrt, keine Behelligung, keine Verstimmung, ich blieb unsichtbar.

Mäuse pfiffen, wenn sie Regen witterten – ich hörte einen Pfeifton während meines Erkundungsgangs durch die Stadt. Frauen an Haltestellen, sie stiegen in Busse, die in Außenbezirke fuhren. Vor dem Supermarkt Säufer, Elend presste sie, sie sahen aus wie Röntgenbilder. In dieser Stadt wurde eifrig gekehrt, und es liefen magere junge Kerle mit Halunkenborsten im Gesicht im wiegenden Gang durch die Gassen. Handelten sie dem Zwang zur Verbrüderung zuwider, wenn sie Proletenkind spielten? In dieser Stadt zerriss man Karton, stellte die geschnürten Pappbündel vor die Schwelle. Ich durfte nicht länger tändeln. Ich war es auch leid, überall, auch an fremden Orten, nach Sonja Ausschau zu halten, im Wissen, dass kein noch so blöder Zufall uns zusammenführen würde. Der Taxifahrer, ein persischer Exiltrottel, empfahl mir das Buch eines Sektenführers. Es würde mich mindestens entspannen und mit ein bisschen Glück sogar als Gast in die höhere Sphäre aufsteigen lassen. Mein Schweigen war ihm Ansporn. Ausländer, die ihre Politik zu meiner Politik machen wollten, widerten mich an. Er spürte meine Abneigung, fragte, ob ich Hugenotten unter meinen Vorfahren hätte. Nein. Auf Wiedersehen.

Ich klingelte, sie schloss auf, ich reichte ihr die Schachtel handgetunkte Mozartkugeln. Ich musterte sie, sie musterte mich. Sie sagte: Wie alt sind Sie? … Achtunddreißig … Ich bin dreiundfünfzig.
Und jetzt bitte keine Schmeicheleien … Von mir hören Sie keine Komplimente … Sie haben ein hyänenhaftes Aussehen … Ich roch ihren Minzatem, sie konnte schimpfen oder beleidigen und trotzdem gut aus dem Mund riechen. An der Fassade, rechts versetzt, eine schwangere Maria in der Fassadennische, die linke Hand lag flach auf, die rechte, zur Kuhle geformt, drückte sich von unten gegen die Wölbung. Maria: Sie hatte um die Eingießung eines wilden Geistes gebetet, der sie auftrieb.
Ihr Gebet wurde erhört. Kurz erinnerte ich mich an meinen Traum, an das mich beleckende Pelztier.
Nora Sillinger, sagte sie, kommen Sie rein.
Eine Katze starrte mich von der Diele aus an.

Sie machte Anstalten, mich anzuspringen. Sillinger sagte: Brav bei mir!, und die Katze gehorchte. Sie erstarrte zum kleinen Ton-Abgott. Geschecktes Tier, passend zu den Rockfarben seines Frauchens. Beide schienen es zu genießen, dass ich mich nicht richtig zu verhalten wusste. Sie sagte: Schlagen Sie es sich aus dem Kopf, dass Sie scheitern. Sie werden mich schließlich so malen, dass ich zufrieden bin. Ach ja, ich bestehe auf dem Sie – es ist die angemessene, falsch, die richtige Anrede … Ich nickte im Wissen, dass ich sie mit einem guten Anfang beeindrucken konnte. Sie wies mir den zweiten Stock zu. Gästezimmer, Bad, Aufenthaltsraum. Rückzugsort. An einer Wand hing eine alte Hygieneregeltafel. Wüste Zimmerdekorationen – vielleicht die Hinterlassenschaft eines Mannes. Ich konnte mir Frau Sillinger nur als alleinstehende Frau vorstellen. Das Glück der Unterordnung war ihr bestimmt fremd. Die Keuschheit einer verstaubten Marmorbüste mit abgeschlagener Nase verabscheute sie; tote Götzenaugen, Kopf ohne Körper, kein Jucken, kein Kratzen, ein angeschautes Ding, am Hals geborsten. Einen abgetrennten Kopf auf dem Sockel hatte ich letztes Jahr gezeichnet. Ein weiteres Blatt, das in der Mappe verschwunden war.

Wie werden Sie arbeiten?
Ich schlage drei Sitzungen vor, sagte ich, morgens nach dem Frühstück, nachmittags, abends. Jeweils anderthalb Stunden.
Damit kann ich mich anfreunden. Wollen Sie morgens Ihre Ruhe?
Nein.
Gut. Dann frühstücken wir zusammen.
Sie zupfte an ihrer Bluse. Ein kleiner dunkler Fleck, zerriebene Mücke? Ein Namensmonogramm.
Ich sah ihr ins Gesicht – sie hatte sich die Zähne aufhellen lassen. Es war ihr unangenehm, betrachtet zu werden. War sie ein kompliziertes Modell?
Sie fragte mich nach meinem Wunsch für das Abendgetränk. Trockener Rotwein, Wasser. Sie verschwand, die Katze lief hinterher. Ich zog ein frisches Hemd

VOGELKÖPFCHEN

an, kämmte mir die Haare, schnürte die Schuhe fester. Ein loser Schnürsenkel würde sie erschüttern. Ich trat auf den Balkon. Kinder im Hinterhof, eine Lispelnde schrie. Von ihren Müttern, die sie in freier Entfaltung unterrichteten, fühlte ich mich belästigt. Frauen ermüdeten mich. Sie suchten sich einen Kerl aus, der Kerl enttäuschte sie, die Gewöhnung verdross sie, sie zettelten Dramen im Haushalt an, der Kerl schwankte, sie entliebten sich. Die Lispelnde wurde auf mich aufmerksam, sie warf zwei Handvoll Sand hoch, den der leichte Wind ihr in die Augen wehte. Die Mutter eilte zu Hilfe, ich hielt die Zeit für gekommen und ging hinunter. Sie hörte meine Schritte, rief mich in die Küche. Das Tier nagte am Stuhlbein. Sie sagte: Fesch beieinander. Ich hatte mich in ihren Augen aufgehübscht, um sie milde zu stimmen, ich beließ sie in dem Glauben. Wir aßen Spaghetti, ich bat um einen Löffel, sie schüttelte den Kopf: Die Nudeln drehe man im Teller, nicht im Löffel. Den Löffel benutze man, um die Soße zu essen. Ich war ihr Gast, ich musste mich benehmen, ich widersprach nicht. Dann sagte sie: Nach der Tischsitte in diesem Haus isst man die Bockwurst mit der Hand – Familientradition. Dann sagte sie: Sie dürfen beim Kauen nicht sprechen. Sie verfügen über eine halbwegs angenehme Singstimme. Dann sagte sie: Sie leiden an der Auszehrung. Sie sehen aus, als gehörten Sie dem Gesindel des Tages, des Spätnachmittags an. Sie müssen sich ausschleimen … Sie war scharfzüngig, es verdross mich nicht. Jede Hausfrau war glücklicher als ich, Sillinger wies mich nur darauf hin. Man bespie mich oft, die Bespeiung machte mir nichts aus. Ich aß zu Ende, trank das Glas Wein leer, sie schenkte mir nach. Die Sitzungen würden im Wohnzimmer abgehalten werden – ihre Worte. Sie gähnte hinter vorgehaltener Hand, ich verstand den Wink. Lassen Sie alles stehen, sagte sie, ich habe eine Spülmaschine. Und da, als hätte sie mich nicht für diesen Tag entlassen, sprach sie von dem Wagnis; meine Arbeiten kannte sie nicht, ich wäre ihr völlig unbekannt gewesen. Gehörte ich zu den Kunstmachern, die sich die

Stiefel schief liefen – ohne Erfolg? Oder zu jenen, die wie Schaum und Fett oben schwammen? Wir streiten uns um den Schatten eines Esels, sagte ich, und sie wich vor mir zurück, als entströmte mir der Gestank des Heidentums. Sie zweifelte meine Verkanntheit an. Krempel, Fetzen, muffelndes Zeug würden in Museen ausgestellt werden. Tote Fliegen in flachen rostigen Blechdosen hätte sie bei der Vernissage eines jungen Künstlers bewundern müssen. Ich lauschte ihr, einer aufgebrachten bürgerlichen Dame. Ich bat sie, kurz zu warten, rannte die Treppen hoch, rannte die Treppen herunter, reichte ihr die Sammlung aus losen Blättern. Sie blätterte in der Mappe, studierte die Zeichnungen in den Folien.
Sie sind die Kehrseite der Kunst.
Kehrseite wie das Gesäß? sagte ich.
Nein, wie die andere Seite der Münze. Wo hängen Ihre Bilder, außer bei unserem gemeinsamen Bekannten?
In meiner Wohnung. Und in den Wohnungen meiner Bekannten.

Alles Frauen, sagte sie.
Kerle halte ich nicht für beachtenswert.
Das klingt aber sehr gescheit. Der Hintergrund auf diesem Bild, sagte sie, das sieht aus wie Knochenmehl, das man in Dotter verrührt hat.
Ist nur Farbe.
Haben diese Frauen Namen?
Gewissermaßen, sagte ich, sie heißen: die Verblüffte, die Hungrige, die Weitsichtige, die Unverblassbare …
Nein. Sie müssen sich andere Titel einfallen lassen. Unverblassbar – ich bitte Sie! Gibt es diese Frauen wirklich?
Reine Phantasie, sagte ich.
Diese Frau hat eine flossenhafte Hand. Absicht oder Unvermögen? sagte sie.
Nachts in der Küche mit der Frau, die meine Dienste in Anspruch nahm. Nachts, müde und mürbe geworden von der Reise, von einer anderen Stadt, von einem anderen Menschen. Was sollte ich tun? Kehrtmachen? Ein Fächer, der sich plötzlich öffnete: Ich redete drauflos. Von den neuen Herren und

Herrinnen, sie kuratierten, sie bestimmten, sie prämierten Zeitdreck und Weltlärm. Ornament tot. Rätsel der Malerei totgeklopft. Die Herren griffen zum Gegenterror mit den Mitteln der Bastelkunst. Verknorpelte und verkäste Theorie oder amerikanischer Mist – Geschwurbel wurde für Millionen weitergereicht. Ich sprach, schämte mich mittendrin, schwieg. Sie sagte nur: Ja, gute Nacht. Endlich entlassen. Später im Pyjama im Bett. Brand und Glut, heiße Stirn. Nachwirkung der Aufwallung. Nein. Zittern. Schüttelfrost. Trank zwei Gläser Wein hintereinander, legte mich hin. Sillinger blieb auf, ich hörte die Stimme eines Nachrichtensprechers, Politik verdross sie, sie schaltete um. Eine Tiersendung. Ich lauschte den Tierlauten. Glut und Brand, ich schwitzte, ich trank Wasser, wälzte mich im Bett, schlief ein. Wurde wach. Was war das für ein Geräusch? Stellte mich im Dunkeln ans Fenster. Dort unten stand ein Mann, Allwetterjacke, Bügelfaltenhose, Käppi. Mann im Hinterhof kurz vor Morgengrauen – er hatte sich ganz sicher nicht verirrt. Was tat er jetzt? Steinsplitter prasselten gegen das Fenster, an dem ich stand. Ich griff nach meinem Schuh am Boden, riss das Fenster auf, schleuderte den Schuh auf den Mann. Ich verfehlte ihn, er floh. Die Morgenkühle tat mir gut, ich starrte blind hinaus. Das Dielenknarren ließ mich herumfahren.

Bald werden es alle wissen, sagte sie.

Was?

Dass Sie hier sind. Diese Männer ziehen dann eine Konfrontation in Betracht.

Mit mir?

Sie sind ein Mann und also ein Rivale.

Das ist doch lächerlich, sagte ich, wieso gehen Sie nicht zur Polizei?

Um nächtliche Spaziergänger anzuzeigen? So nämlich werden sie es darstellen. Am besten, Sie beruhigen sich und gehen wieder zu Bett. Sie sehen nicht gut aus.

Ich glaube, ich habe mich verkühlt.

Schlafen Sie, sagte sie und verließ mein Schlafzimmer.

Kleine alberne Geschichte, in die ich hineingeriet. Ich träumte: Ich ging durch einen Stollen. Rechts und links an der Felswand illuminierte Schaukästen, darin lagen tote Marder, geronnenes Blut an Nase und Lefzen, gekämmtes glänzendes Fell. Lange Zeit ging ich allein, dann kam mir eine Frau entgegen, die sich mir anschloss und beim Laufen den Inhalt ihrer Tasche vorzeigte. Magnesium und Marzipan, davon ernährte sie sich. Manchmal kaufte sie beim Bäcker feste Stücke vom Vortag. Wir traten hinaus auf einen kleinen Platz, schauten auf sitzende Menschen auf der Terrasse eines Gasthofs. Schön, wie der Frühlingswind die Zeitung in Händen ernster Männer verblätterte. Die Frauen – sie ließen sich nicht beirren. Sie tranken Weißwein- und Apfelsaftschorle. Sie sprachen über andere Frauen: Sie lernt einen Mann kennen, eine Woche später wird sie schwanger. Sie niest bei einem Empfang, weil die Pollen ihre Nase kitzeln, ein Mann reicht ihr sein Brusttuch, sie schnäuzt laut hinein, er ist hingerissen, sie heiratet ihn. Sie verlässt ihren schweineschnäuzigen Freund, geht aus, spricht den ganzen Abend mit dem Barkeeper, will das Gift herausschwitzen. Er schlägt vor, gemeinsam im Bett zu liegen, sie lehnt ab. Zwei Tage später lernt sie einen Mann kennen, der sich mit seinem Zweitnamen Maria vorstellt. Sie bringt ihn zum Lachen, sie verliebt sich in sein Lachen, sie ziehen zusammen …

Ich wachte auf, beschämt. Träume waren Armeleutepfennige. Träume waren der Angstschweiß der zu Boden Gegangenen. Dann erinnerte ich mich: Mein Schuh lag im Hinterhof. Neues Hemd, neue Strümpfe, alte Hose, ich stolperte nach unten. Sah die Ohrenspitzen der schlafenden Katze hinter dem Sofakissen. Sah die genoppten Gummikappen, die Sillinger über Daumen- und Zeigefingerkuppe aufgesteckt hatte. Blattwender. Sie zog die Stulpen ab, legte sie auf die aufgeschlagene Zeitung. Frühstück zu zweit. Sie erzählte: Streunende Witwer, die vor dem Fernseher einnickten. Sie stellten den

Sie
bleicht
die
Nacht

Wecker auf eine unchristliche Zeit. Dann gingen sie hinaus, warfen mit Steinen. Ihr Kopf war ein Schubsack voller Wünsche, sie griffen tief hinein. Mindestens zwei Kugelschreiber mit fester Klemme an der Brusttasche. Katze, Zeitung, dachte ich, was habe ich noch gesehen? Ich stand auf, eilte ins Wohnzimmer, kam mit einer Handvoll Streifen zurück. Sie hatte eine Zeichnung von mir zerrissen. Fassade eines Tempels, beflaggt mit beschrifteten Bannern. Auf dem Dach eine geschminkte Frau – diese Frau sah ihr ähnlich, sie durfte es nicht dulden. Sie sagte: Ein Wutanfall. Natürlich werde ich für den Schaden aufkommen … Meine Verluste: ein Schuh, ein Bild. Wir einigten uns nach einigem Feilschen auf dreihundert Euro. Mit Geld brannte sie das Böse der Unreinheit aus. Ich stopfte die Scheine in die Hosentasche, bat um fünf Minuten Geduld, lief zum Hinterhof, suchte sogar in den Mülltonnen. Der Steinewerfer hatte meinen Schuh mitgenommen. Eine Trophäe.
Sie wartete auf der Hausschwelle. Sie werden sich

abgewöhnen müssen, in Strümpfen herumzulaufen. Das sind Socken und Schuhe meines Mannes – er braucht sie nicht mehr … Dem Toten gilt mein Dank, sagte ich, sie zuckte zusammen. Sitzung im Wohnzimmer. Porträt einer Dame in weißer Bluse, blutleere Lippen, Hochsteckfrisur, Rouge, Lidschatten, Wimperntusche, schönes strenges Gesicht. Mit Leuten, die Essensreste auf dem Teller hin- und herschoben, verkehrte sie nicht. Keine Frau, die an kalten Abenden dicht am heißen Heizkörper saß. Schattenstriche auf der Stirn, Bleistift mit weicher Mine schräg halten. Haaransatz absetzen, Bleistift in die linke Hand, Schwung der Braue, von mir aus gesehen links, als Bogen zeichnen, Bleistift in die rechte Hand, rechte Augenbraue fertig.
Sie arbeiten beidhändig, sagte sie.
Ja.
Haben Sie es sich beigebracht oder konnten Sie es immer?
Schon immer. Ich habe eine Vorliebe für versehrte

Linkshänderinnen. Auf dem Blatt, nicht im wirklichen Leben.
Sie haben sich da in eine krude Anschauung verbissen.
Still sitzen bitte, sagte ich.
Übergang Gesicht Hals – ich vertat mich, radierte, korrigierte. Besser. Kinnkerbe. Nein, keine flache Mulde am Kinn. Zurück zu den Augen: Sie schaute mich an; sie schaute mir beim Arbeiten lächelnd zu. Ihr Lächeln verstrich nicht, sie war also wirklich belustigt. Die Augen: Hellblau, Frauenblick. Schwieriger als gedacht, diesen Blick festzuhalten. Halbe Stunde, dann gelang es mir. Ich wendete das Blatt, wir blieben sitzen.
Erkennen Sie sich wieder?
Hätte ich kleine Kinder, würde ich Sie nicht als Hauslehrer einstellen.
Wie meinen Sie das?
Sie sollen mich einfach abbilden, sagte sie, stattdessen wollen Sie mich ergründen. Das sind nicht meine Augen.

Im Spiegel sehen wir uns seitenverkehrt, sagte ich.
Ach wirklich?
Ja. Ich glaube, auch auf Fotos sind wir entstellt.
Das da ist ein Gegenstand mit Abnutzungsspuren.
Das da bin nicht ich.
Ihr Wort zählt, sagte ich und zerknüllte das Blatt.

Sie schlug vor, die erste und zweite Sitzung zusammenzuziehen – ich griff zum nächsten Zeichenblatt, verordnete mir Einfalt, hielt den Bleistift, als wollte ich mir eine Adresse notieren. Qualgesicht verboten. Ich stand der Schlange auf dem Schwanz, sie würde beißen, wenn ich mich wieder vertat. Eine Frau, Anfang fünfzig, gepflegt und schön, keine Geldsorgen. Vermute keine Geschichte, dachte ich, reib das Schwarz auf das Weiß, verhalte dich gut. Porträt der erstarrten Hausherrin im Licht des Tages.
Sie bat um eine Minute Pause. Ließ den Kopf kreisen, ihre Wirbel knackten leise. Ich ballte die Hände zur Faust, pumpte, vertrieb den Schmerz. Weiter. Still sitzen, sitzend zeichnen. Ich zeigte ihr

das Blatt. Sie sagte: Schon besser. Ich sehe aber einen Fehler.
Welchen?
Es gibt Menschen mit einem banalen Gesicht.
Es besteht aus zwei gleichen Hälften. Zwei Schalen, die man zu einer Kugel schweißt. Die Schweißnaht verläuft vom Scheitel zum Kinn.
Ich verstehe, sagte ich, kniff das rechte Auge zu, hielt die flache rechte Hand vor, verdeckte ihre linke Gesichtshälfte: Zorn und Erschütterung. Linkes Auge, linke Hand, rechte Hälfte verdeckt: Milde und Glätte. Andere Muskeln, andere Mechanik, andere Luft, die diese ihre Seite atmete. Wir verabredeten uns für den Abend, ich ging in die Stadt. Auf der Hausfront an der Ecke, in Kopfhöhe, ungelenke Kreidestriche und zwei Worte: Sozi Sauhunne. Eine Frau starrte mich voller Hass an, seltsame Tätowierung, rot-weiß karierte Ellbogen. Sog des harten Rands, dachte ich, weit draußen musste man kämpfen. Sog des harten Bodens, wenn man fiel, fraß man Staub. Ich sah andere ruinierte

junge Frauen. Manche flüsterten schmutzige Worte. Lärm aus fauchenden Winden, aus Metallgeklirr, aus Männerhusten und Unheil. Lärm aus dem Gebrumme von Insekten, die die Sommerfäulnis lockte. Lust auf dunkle Orte. Männer, groß, sie fingen viel Wind. Ein Mann, Käppi, Jacke, Hose, er stellte sich mir in den Weg. Er sagte: Draußen ist alles teuer. Wir gehen zu mir, und ich erzähle Ihnen alles. Ich folgte ihm, er würde mir etwas antun oder nicht, es würde sich zeigen. Haus in einer Seitengasse, die von einer Straße mit einem halben Dutzend Geschäfte für Brautmode abging. Parterrewohnung, vollgestellt, kein Möbel passte zum anderen. Ich nahm auf dem Sofa Platz, die Kissen muffelten, der Samtüberzug eines Kissens war bestickt, ein Zweizeiler: Ein frischer Trunk/macht Alte jung. Es roch schlimm, ich atmete durch den Mund, er klärte mich auf – er brannte aus Zucker und Kondensmilch Bonbons in der Pfanne. Zwei Pfannen hatte er wegwerfen müssen. Dann sprach er komischerweise über die Kilopreise von Obst und Gemüse. Er schweifte ab, ich dachte an Sonja. Damals, im Anfang unserer Liebe, hatte sie von meinem Vorgänger erzählt: Er hat wieder Hunger nach mir. Er will, dass ich zurückkehre. Wie elendig! Was ein schmeichelnder Ton! …

Sie hören mir nicht zu, sagte der Mann.
Stimmt, sagte ich, mich interessiert nicht, wo es billige Bananen gibt.
Unerhört, rief er aus.
Sie wollen mir doch keine Teppiche verkaufen – was soll also das Gefasel?
Sind Sie ein Heiratsschwindler? Ein Witwenschüttler?
Was bin ich?
Ein Kerl, der sich einschleicht. Der die Witwe beraubt.
Sind Sie blöd?
Vorsicht, sagte er, ich schlag Sie mit dem gefrorenen Waschlappen tot!
Ist gut, sagte ich.
Ich schlag dich, dass dir der Arsch schwillt.

Ja. Gegenfrage: Was verstecken Sie sich nachts in anderer Leute Hinterhöfen? Ich könnte Sie glatt anzeigen. Für die Polizei wär die Sache klar. Ein Spanner. Den ziehen wir mal aus dem Verkehr. Sie haben ja keine Ahnung, sagte er, hauen Sie einfach ab von hier.
Noch eine Drohung, rief ich, und ich zwiebel dich, bis du Wasser gibst!
Jetzt grinste er. Verließ das Zimmer, kam mit zwei Bierflaschen wieder, öffnete sie mit dem Plastikfeuerzeug. Die Kronkorken flogen davon, er ließ sie liegen. Ich hatte mich mit ihm gemessen, er hatte mich als Mann eingestuft – beschämend. Er stieß mit mir an. Er erzählte, dass er der lieben Frau Sillinger nicht verfallen sei, das nicht.
Als Rentner und Witwer verfüge er aber über viel Zeit, und also wage er von Zeit zu Zeit einen Vorstoß. Er wisse schon: Sie hätte ihren Mann nicht überlebt, um noch einmal von vorne zu beginnen. Doch Vorsicht bei der Dame! Bei ihr drehe sich alles um die Frage: Ist dieser oder jener Mann essbar

VOM
UFGEKLA
BESCH
EN
EN
LICHT DES
PPTEN
GERÆTS

oder ist er das nicht? Seltsam. Der Witwer hatte nicht nach meinem Beruf und dem Grund meines Aufenthalts gefragt. Ich trank die Flasche nur bis zur Hälfte leer, stand auf, bat ihn, vom nächtlichen Steineschmeißen abzusehen. Wandte mich ab, hörte ihn sagen: Ich hoffe, Sie sind keine Schmiere, die auf alle Stiefel passt.

Unterwegs zu Sillinger, ich nahm einen Umweg. Pickende oder aufflatternde Tauben. Kinder, die Taubenfangen spielten. Es roch nach baldigem Regen. Eine Viertelstunde später saß ich mit ihr am Tisch und aß zu Abend. Fleischsalat, Salzkartoffeln, Bauernbrot. Die Schuhe ihres Mannes drückten am Spann. Ich sagte: Ich war zu Gast bei einem Verehrer von Ihnen.
Verschonen Sie mich damit.
Gut.
Sie sind verlassen worden?
Liebschaft abgeschlossen, ja, sagte ich.
Trauern Sie? Sind Sie geborsten?

Komische Frage.
Dann geben Sie eine komische Antwort, sagte sie.
Unreinheit blutete in mich hinein. Fremde Seele
Finsternis war mir in Leib und Schädel eingezogen.
Ich schlief mich blutig. Von einer Frau, die man
liebte, verlassen zu werden – das zerstörte.
Ich träumte mich blutig: Ratten in Scharen fluteten
über meinen toten Körper tief in der Erde. Ich war
ein simpler Geist. Frau weg, ich vereiste, ich hielt
mich an mein Handwerk. Was konnte ich? Malen.
Manches riss mich mit, das meiste ließ mich kalt.
Das reichte aus. Sillinger würde ich nichts verraten.
Ihr Mann ist schon lange tot, sagte ich.
Sie lachte. Sie erzählte: Ein Mal im Jahr besuchte
sie das Grab, betete für die Seele ihres Mannes.
Ein Gärtner aus der Nachbarschaft kümmerte sich
um die Pflege: Unkraut rupfen, sauber machen.
Er war gewissenhaft, er machte seine Arbeit gut.
Deshalb bekam er, immer an seinem Geburtstag,
eine Sondervergütung von hundert Euro.

Dieser Verehrer …
Er lässt Ihnen keine Ruhe.
Hat er vorgesprochen?
Wie sich das anhört, sagte sie lachend.
Hat er Sie gefragt, ob Sie mit ihm ausgehen wollen?
Ich habe ihn abgewiesen. Er ist so dumm, er spuckt sich beim Sprechen auf den Schlips.
Kennen Sie sich schon lange? sagte ich.
Wie meinen Sie das?
Na ja, war er der beste Freund Ihres Mannes selig?
Nur ein Freund, sagte sie.
Ich wusste es.
Nein, Sie ahnten es. Weil es so häufig vorkommt: Mann stirbt, Freund wartet die Trauerzeit ab. Dann belästigt er die Witwe.
Belästigt?
Ich fühlte mich belästigt. Jetzt zu Ihnen: Haben Sie, was Ihre Exfreundin angeht, Rückeroberungspläne?
Jetzt klingen Sie komisch, sagte ich.
Ich verstehe. Ein endgültiger Abschied.

Schluss ist Schluss, so hält Sonja es mit der Liebe. Ich hatte ihren Namen genannt, es ärgerte mich. Die Dame, die Frau des Hauses, hatte Speck in der Tasche, dass Mann und Katze ihr nachliefen. Ich legte Messer und Gabel laut auf den Porzellanteller. Letzte Sitzung des Tages. Wut peitschte meine Seele. Ich zeichnete ihr Orchideen ins Haar, auf den Blättern kleine Männerköpfe, Haar und Brauen geschoren. Sie zerriss das Papier. Sie sagte:
Für Skizzen bezahle ich nichts! Ihre Ordnungsrufe hatte ich satt. Das Telefon vibrierte in meiner Tasche, ich bat um kurze Pause, schloss mich auf der Gästetoilette ein.
Ja?
Du suchst nach mir.
Helmut.
Lass mich raten, sagte er, Freundin weg, viel Zeit zum Verbummeln.
Fast richtig, sagte ich.
Wie hieß noch mal die letzte?
Sonja.

Genau. Ich hab's noch im Ohr. Du sagtest: Sie säugt an jeder Brust eine Schlange.
Ich weiß – eine Woche später zog sie bei mir ein. Dann wurde es ihr aber zu eng, und wir zogen um.
Deine alte Wohnung hast du aber behalten, sagte er.
Hab ich.
Wo bist du?
Verreist, sagte ich, hab eine Auftragsarbeit angenommen … Du hast deine Nummer unterdrückt.
Mach ich bei Leuten deiner Sorte immer. Also Edouard, ich lebe, du lebst, schön. Viel Glück.
Sillinger war neugierig, ich sprach von der Heimkehr des verlorenen Freundes. Sie warf mir sofort vor, kein Schloss vor meinem Mund zu haben. Ich sagte: Manchmal bereut man seinen Wagemut. Ist das vielleicht bei Ihnen der Fall? Wir einigen uns auf ein Ausfallhonorar, und ich reise ab. Sie sagte: Sie missverstehen das alles. Sie bleiben mir hier nicht unbeschäftigt … Also glitt ich in meine Welt: Strich und Schraffur. Keine Zusätze, keine Beigaben, kein

Bedeutung heischendes Ornament. Nur Kopf und Brust. Der Hintergrund: kein Muster, keine Farbe. Erschöpft. Sie stand auf, stellte sich hinter mich, schaute mir über die Schulter auf ihr Porträt. Es gefiel ihr, sie sagte: Sie werden hart – gut so. Steife Finger, krummer Rücken. Ich nagte an meinem Knochen, in ihrer Nähe verkam ich zum Knochennager. Hör auf, verrückt zu spielen, dachte ich und sog ihren Duft ein. Die Katze starrte. Der Tag war zu Ende.

Ich schlief, ich wachte auf, ich schlief weiter, von ihrem Lärm wurde ich geweckt. Sie schimpfte wie ein Brunnenputzer. Ich wusch mich, rieb meine nassen Achselhöhlen trocken. Sillingers Gesicht voller Zornfalten. Schnelles Frühstück. Die erste Sitzung ließ sie ausfallen. Raus, Katze kam mit im Korb. Auf den Straßen verängstigte kleine Hunde. Verdorbener Charakter wegen der Verderbtheit ihrer Frauchen und Herrchen. Sommerhitze, die Caféterrassen voll, lausige Gerichte und Getränke, die älteren Damen wurden Opfer des Wahnsinns

hundeartiger Kleinkinder. Ohrfett am Bildschirm der Mobiltelefone auf den Tischen. Die Katze schielte, blinzelte sich Tränen an die Wimpern.
Die Leute schauen mich an, als hätte ich Schuppenflechte, sagte ich.
Bilden Sie sich nichts ein. Sie sind mein Anhängsel.
Ich weiß nicht.
Das Unpassende erscheint den Menschen hier als passend, sagte sie, nicht gleich, aber sehr schnell. Kleiner Finger in der Schlinge, vier Finger frei.
Ist man dann wirklich gefangen?
Sie sprach zu mir wie zu einem Jungen, der sich nicht zu benehmen wusste. Ihr Viertel, ihre Regeln. Ihr Geld. Wir betraten einen Blumenladen, es roch nach künstlichem Duft, die Floristin machte ein Gesicht wie ein Bestatter. Sillinger sagte: Ich habe heute Morgen einen Strauß Nelken zugestellt bekommen.
Ja?
Ich möchte wissen, wer sie mir geschickt hat.
Moment.

Die Floristin besprach sich mit ihrem Chef hinter dem Vorhang. Er schüttelte den Kopf. Sie kehrte zum Tresen zurück, schüttelte den Kopf.
Leider darf ich Ihnen keine Auskunft geben. Der Auftraggeber besteht darauf, anonym zu bleiben.
Seit wann halten sich Blumenhändler an die Schweigepflicht?
Tut mir leid, sagte die Frau.
Lügen Sie nicht, sagte Sillinger, es tut Ihnen nichts leid. Ich werde belästigt. Und Sie sind Komplizen des Kerls, der mir nachstellt.
Der Chef intervenierte, Sillinger drohte mit der Polizei. Eine Kundin verließ eilig das Geschäft – sie würde überall von dem neuesten Skandal berichten. Die Katze hüpfte mit einem Satz aus dem Korb, es dauerte, bis man sie einfing. Ich dachte: Der Witwer hat einen weiteren Vorstoß gewagt. Es ging ihm wohl schwer ein, dass die Dame nur ein Haustier duldete. An den Wänden hingen bei ihr keine Bilder; sie würde ihr Bildnis in Öl auch nur dann aufhängen, wenn sie sicher war, dass ich

Hyazinth

das Geziemende und das Vortreffliche eingefangen hatte.
Die Floristen schauten mich neugierig an, Sillinger war wütend hinausgefegt. Ich folgte ihr. Ich beteuerte, dass ich nicht dahintersteckte: Der Witwer brauchte keine Ermutigung. Sie verplapperte sich: Er wäre nicht der Einzige. Vielleicht rochen die alten Galane tatsächlich den Speck in ihrer Tasche.
Ich ging neben ihr her, Ladeninhaber traten heraus, grüßten sie – sie bekam Aufmerksamkeit wie eine Baronin. Mich ließ man in Ruhe. Neffe oder junger Liebhaber, einerlei. Ich verschwand in einem Kunstbedarfsladen, sie würde mir nachfolgen. Ölfarben, eine Etage tiefer, vom Angestellten streng bewacht. Ich drehte an der Kappe einer Tube, wollte riechen, wurde verwarnt. Sillinger tauchte auf, der Mann wurde schlagartig zahm: Jetzt durfte ich selbstverständlich schnüffeln, aber bitte keine Delle eindrücken. Ich sagte zu ihr: Muss es ein Ölbild sein? Öl trocknet langsam, wir haben nicht so viel Zeit. Acryl ist besser … Ich konnte sie überzeugen. Fleiß

und Eifer beeindruckten sie. Der Angestellte gewährte uns zwanzig Prozent Rabatt. Geld stach – die Leute verhielten sich wie Affen beim Entlausen. Sillinger hinterließ überall eine Schneise.
Haben Sie sie in der Hand? sagte ich.
Glauben Sie das wirklich?
Vielleicht gehört Ihnen Grund und Boden.
Nein.
Geht mich auch nichts an.
Das ist richtig, sagte sie …

… Sie war meisterhaft darin, im Nebel zu gehen. Alte Männer schworen, die Sterne vom Himmel zu holen. Sie wusste: Das konnten sie nicht. Am Vortag der Ankunft des Malers hatte sie die Spuren verwischt. Sie sagte bei sich: Ich habe das Auffällige zum Verschwinden gebracht. Ein Witwer passte sie ab, in der Gasse neben der Kapelle, sie sprachen über zerbrochene Dachziegel, über gespaltene Äste, über lose Zaunpfähle. Der Mann redete mit frisierter Schnauze, gaukelte Feinheit vor. Dann kam er einen ungehörigen halben Fußschritt näher, er sagte: Sollen wir ohne Kuss auseinandergehen? Sie rief: Wollen Sie sich bitte sehr nicht entehren! Wenig später saß sie beim Friseur. Sie lauschte dem Gespräch der Damen, die ihre Gegenwart verstörte. Keine bösen Gerüchte. Der Bieratem des Meisters strich über ihre Wange, sie fächelte die schlechte Luft weg. Er eilte mit hochrotem Kopf ins Hinterzimmer. Er flüsterte mit der Gesellin, er bestimmte, er widerrief, wohlwissend, dass sie, die herrische Kundin, sich nicht von Auszubildenden bedienen lassen würde. Ihrem Mann gehörte das halbe Viertel, er starb, sie war Alleinerbin. Ihre Tochter, das Einzelkind, hatte sie vergrault. Es hieß, sie wäre der Liebe wegen an die deutsch-polnische Grenze gezogen. Keiner glaubte an dieses Märchen. Mutter biss die Tochter weg. Der Gesellin, einer Zugezogenen, gefiel es, dass der Meister ihr heimliche Blicke zuwarf. Ein Abenteuer – wieso nicht? Seine Frau war bei einem anderen Mann, sie lebten in Scheidung. Wenn es so weiterginge, würde er toll und taub werden:

Seine Schüchternheit lähmte ihn. Sie trat hinaus, brachte Frau Sillinger ihre Tasse Kaffee, sie ließ vor ihren Augen zwei Süßstoffpillchen hineinfallen. Eine schöne Frau mit kalten Augen und kalten Lippen. Es hieß, sie wäre eine Moralische, sie schlüge alle Bewerber in die Flucht. Jetzt legte sie nach dem Umrühren den Löffel auf den Unterteller. Wappenring am kleinen Finger. Sie sagte: Er gehörte meinem Mann selig, ich habe ihn kleiner machen lassen. Die Gesellin fühlte sich ertappt, sie schlich davon. Musste aber nach Zuruf zurückkehren. Musste auf Nachfrage ihren Namen nennen: Stefanie. Musste erzählen, weshalb es sie hierher verschlagen hatte: bessere Aussichten. Frau Sillinger nickte. Sollte sich Stefanie bei ihr bedanken, weil sie mit einem Mädchen unter ihrem Stand sprach? Elende Gedanken. Der Meister war mit Stefanie durch den Friedhof gestreift, ein sonntäglicher Spaziergang, er hatte auf ein Grab gezeigt und gesagt: Dort liegt Frau Sillingers Mann. Ich weiß nicht, ob Gott ihn in sein Himmelreich aufgenommen hat … Grausige Worte.

Die Dame schaute auf die Uhr. Zeichen ihrer Ungeduld. Der Meister erschien wenig später, frisierte sie, Frau Sillinger war's zufrieden. Hummeln flogen gegen die verglaste Ladenfassade, immer wieder, schönes sattes Geräusch des Sommers. Eine zu Wahnschüben neigende Frau schwor auf Meerrettich, wegen der abführenden Wirkung; eine andere Frau bat doch herzlich darum, das Thema zu wechseln. Der Meister geleitete Frau Sillinger zur Tür, verbeugte sich, sah ihr nach, die sie die Straße schnellen Schrittes überquerte. Ihr Rücken regte ihn zu einem verbotenen Gedanken an. Sie spürte den Blick dieses erbärmlichen Geschöpfs, sie würde ihn aber deswegen nicht vor seinen Angestellten demütigen.

Ein kleiner Anschlag, eine Gemeinheit: Der Sattel ihres Fahrrads war aufgeschlitzt. Jemand hatte mit dem Messer mehrmals hineingestochen. Wurde sie verfolgt, und nahm der Verfolger die erstbeste Gelegenheit wahr, um ihr zu schaden? Sie schob das

Rad einhändig neben sich her, bis nach Hause, ließ es einfach zur Seite kippen, suchte Töpfe, Schmutzfangmatte und Türgriff nach Schäden ab. Alles heil belassen, alles heil geblieben. Eine knappe Stunde verbrachte sie in der Küche, nahm Papier und Stift zur Hand, schrieb Namen auf, strich Namen durch. Dann schminkte sie sich ab, wählte schlichte Kleider. Es würde ein langer Abend werden.
Der erste Mann, geschieden, zweite Ehe, frisch verwitwet, vierteljährlicher Besuch der Kinder. Saubere Wohnung, saubere Gardinen, die Filzpantoffeln an seinen Füßen rochen nicht streng. Sie fragte, er antwortete. Sie ließ ihn auf das Leben seiner Kinder schwören. Ihr Gefühl: Er war unschuldig.
Zweiter Mann, roh und robust, kein Geschmack, kein Sinn für Nuancen, Kerl, der sich am Kehlkopf kratzte, Socken mit ausgeleiertem Bund, Kerl, der wenig gab auf die rechte Art. Sie erzählte, er forderte sie auf, sich sofort bei ihm zu entschuldigen. Wieso? Weil sie ihn für einen Abartigen hielt,

der Damensättel zerhackte. Ihr Gefühl: Der Mann war zu dieser Untat nicht fähig.
Der dritte Mann: zernagte Kugelschreiberkappe auf dem Teppich, wie achtlos hingeworfen. Ihr Blick ging von unten nach oben – nichts, was sie stocken ließ. Er hatte das Gesicht eines wackelnden Geistes, die Haut um die Augen schien sich zu kräuseln.
Er saß nah an der Stehlampe, er war in den Lichtschein der Beglückung getaucht. Sie witterte an ihm Schaden und Unglück. Ich bin es nicht gewesen, sagte er, Sie wissen um meine Gefühle. Unerträglich. Er fuhr fort: Ich setze mich, wo ich stehe, und hänge die Füße herab ... Was meinte er damit? ... Ich lebe einfach, ich fühle einfach, ich geh gerade Wege ... Frau Sillinger fuhr ihm über den Mund, seine Nervenzerrüttung interessierte sie nicht. Ihr Eindruck: Stünde der Kerl vor ihrer Tür, würde sie die Kette vorlegen.
Vierter Mann: belesen, alter Wolf, Privatier, gescheitelt und gespornt, las in den Nachtstunden Poeme und Pamphlete, schlaksig, entlaubte Stirn.

Ein Glas Wein? Nein. Fruchtsaft? Nein. Sie fragte. Ihm schoss das Blut in den Kopf; sie rechnete damit, dass ihm Eckzähne wuchsen. Er sprach von seiner Gelenksteife, allein schon deshalb könne er das besagte Attentat nicht verübt haben. Dann ein harter Bruch: Ich liebe es, hinten im Buch das alphabetische Verzeichnis der Gedichtanfänge nachzuschlagen. Hier, in diesem Gedichtband, lautet der erste Eintrag »Aufstände im Hinterland«, und der letzte »Zuckerdose, darin die Fliege«. Da erblühte mir ein Sinn … Was Sie nicht sagen … Ihr Spott trifft mich nicht, Frau Sillinger. Sie scheinen zu glauben, dass jeder Mann, der seine Frau überlebt hat, Sie unwiderstehlich findet. Ich gehörte nicht zu diesen Männern. Sie sind nicht mit Honig gesalbt. Ihre Keuschheit belustigt mich. Es belustigt mich, dass Sie einem überaus müden Mann wie mir eine solche Tat zutrauen. Es gibt bestimmt gütige Menschen, die sich Ihrer Alltagssorgen annehmen. Sie sind eine recht nüchterne Frau. Nüchterne Frauen bereiten mir Verdruss. Und jetzt gehen Sie bitte.

IM
NFANG
IN
ER
IITTE
AM
ENDE

Sie schaute ihn an wie eine Laus zwischen zwei Daumen. Er oder sie – wer war die Laus? Sollte sie ihm vorwerfen, sich entehrt zu haben? Alten Wolfs Lächeln verstrich. Je länger sie saß, desto ungebärdiger wurde er. Schließlich schlug er den Gedichtband auf, entschied sich für die linke Seite, las vor. Ein grauenhaftes Poem. Nach dem ersten Vers der zweiten Strophe klappte er das Buch zu. Er sagte: Ich habe Sie gebeten, meinen Hausfrieden nicht länger zu stören. Sie sehen doch, wohin das führt. Sie machen mich verlegen ... Sie sind es gewesen, oder? ... Ach ja, wir sind jetzt wieder beim Fahrradsattel ... Wieso haben Sie das getan? ... Man sollte immer ein Taschenmesser mit sich führen. Bei einem Notfall ist es schnell zur Hand ... Ich verlange von Ihnen eine Erklärung! Und er sagte: Ich habe nichts damit zu tun. Könnten Sie endlich Ruhe geben?!

Sie stand ruhig auf, ging zum Regal, griff zur kleinen Porzellanbüste einer Pharaonin, ließ sie fallen, wich vor den Scherben zurück, der Schuhabsatz riss eine

Laufmasche in die Strumpfhose. Zehn Minuten später, am Fensterplatz in einer Konditorei, dachte sie über jenen Augenblick nach: Empörter Mann warf mit dem Buch nach ihr und traf sie am Arm. Sie floh – nicht aus Angst vor ihm, sondern weil sie fürchtete, ihn im Blutrausch zu massakrieren. Auslöschen. Sie seufzte. Schluss …

Ein Gerät, menschgeworden. Gerät zum Zermalmen. Männerzermalmer. Sie zermalmte jede Regung und jede Nähe. Sollte sie doch. Ich würde nicht verrecken. Ich war der Mietmaler in ihrer kleinen Villa. Sillinger hatte mir von dem Vorfall berichtet. Von ihren Besuchen. Von der knisternden Stille in ihrem Kopf. Wer kam als Sattelschlitzer in Frage? Sie wusste keine Antwort. Ich sagte: Vielleicht kein Mann, vielleicht ein Kind. Kinder sprühen, sagte sie, dafür aber braucht es eines erwachsenen Mutes. Sie ließ einen neuen Sattel anbringen. Genügend Skizzen, genug gezeichnet. Ich wollte mit dem Bild anfangen – ich stellte sie frei. Sie kaufte eine Staffelei, Plane als Teppichschutz gegen Spritzer, fallende Farben und fallenden Schweiß, Papierpaletten zum Abreißen, Pigmentverdicker, billigen Pinsel im Plastikköcher. Sie hatte Dosendeckel aufgehoben – ich lobte sie dafür, sie eigneten sich gut zum Mischen. Wüstes Wetter, Stadt verschlierte und verschwamm im Regen, von Markisen und Dachtraufen tropfte das Wasser in dünnen und dicken Perlenschnüren. Ich begann. Blick hinaus: Katze beschnüffelte einen Vogelleichnam. Blick auf die Leinwand, neunzig mal eins fünfzig. Kontur gesetzt. Hochsteckfrisur – wichtig. Hintergrund – Himmel oder Stube, Stadtansicht oder burgunderroter Samtvorhang? Sillinger hasste das komplizierte Muster. Sie liebte die Vereinfachung. Sie war klüger als ihr Porträt. Darstellung, kein Seelenbild. Nicht reißen, nicht schneiden. Ich arbeitete bis in die Nacht. Ihr Tier beschnüffelte mein Hosenbein. Sie saß still auf einem Stuhl in meinem Rücken, manchmal raschelte Stoff, manchmal knisterten beim Beineübereinanderschlagen die Strumpfhosen.

Jetzt war sie kein Gerät mehr, ich spürte es.
Ich fühlte nichts. Nur Durst, kein Hunger. Blauer Umriss, hinausschauende Frau auf altrosa Grund, Lampiongirlande – ich übermalte sie, das straffe Kabel sah aus wie Himmelsstrich in weiter Ferne. Sie lachte, und ich drehte mich um. Sie sind fertig, sagte sie.
Ja.
Es trocknet bald.
Dann fixiere ich es.
Womit?
Mit Haarspray.
Wirklich – das ist aber nicht professionell.
Lassen Sie mal das elende Nörgeln, sagte ich, nehmen Sie ausnahmsweise etwas einfach hin.
Sie sind müde.
Weil ich Sie anfahre?
Genau.
Morgen können Sie das Bild zum Rahmenhändler bringen.
Vielleicht will ich es nicht einrahmen lassen, sagte sie.

Doch, wollen Sie.
Woher kommt Ihre schlechte Laune?
Spielen Sie nicht mit mir. Ich bin kein Rentner,
der Sie beschleicht.
Soll ich Sie gleich auszahlen?
Wenn Sie es passend haben, gerne.
Ich bin gleich da.

Sie gab mir die Zeit, abzukühlen. Entschuldigen würde ich mich nicht bei dieser Frau mit tausend Bedenken. Ich erlaubte mir Gemeinheit in Gedanken: Zieh doch in die Schweiz, werd dort älter und grauer, freue dich nach jedem Spaziergang, dass du keinem Pflasterspucker begegnet bist. Werde glücklich in Gesellschaft von makellosen Frauen und Männern voller Angst. Zerspringe. Falle tot um mit sechsundachtzig. Dein verfluchtes Leben … Sillinger kehrte zurück, bat mich an den Tisch, zählte stehend das Geld, das mir zustand. Steckte die Scheine in einen Umschlag, überreichte ihn mir wie eine Siegestrophäe. Arbeitsverhältnis beendet.

Sie fragte mich nach meinen Plänen für die kommenden Tage – ich verstand den Wink. Am nächsten Morgen, nach dem gemeinsamen Frühstück, würde ich abreisen. Sie lächelte in Vorfreude, bald würde ihr nur die Katze um die Beine streichen. Im Bett dachte ich nach: Jetzt schminkte sie sich ab. Jetzt schlüpfte sie ins Nachthemd. Jetzt klopfte sie das Nackenkissen aus. Jetzt bedauerte sie, dass sie einen unbekannten Maler ins Haus geholt hatte … Was tat ich? Sie war mir verhasst. Sie versteckte sich wie die Maus im Kornhaufen. Raus und zurück, kein Heil in ihrer Nähe. Ab morgen begann die Suche nach dem nächsten Kunden. Die Kuhle wärmte nicht, ich schlüpfte aus der papiertrockenen Larve, sie zerfiel zum Staub der Nacht. Kein Körper, der umgarnt werden wollte, Unheimlichkeit, dies seltsame Wort in meinem Kopf. Die Treppen hinab, in die Küche. Dort saß sie, die flache Hand in der Honiglache auf der Tischplatte. Leicht gebeugter Rücken, das Nachthemd spannte an den Schultern, Duft einer

Wildkräutersalbe. Silberne Fäden im Haar, hinten. War es richtig, sie heimlich zu betrachten? Sie sagte: Sie haben Augen, die feucht werden, ohne dass Sie traurig sind. Eigentlich lumpenhaft.
Immer diese kleinen Beleidigungen, sagte ich.
Seien Sie nicht gleich eingeschnappt, sagte sie, setzen Sie sich.
Ich folgte ihrer Forderung – sie bat nicht, sie erteilte Anweisungen.
Ihre Hand in der Lache. Glänzende Fingerkuppen.
Sie sind nicht verrückt, sagte ich.
Nein, da sei Gott davor.
Geht's Ihnen schlecht?
Was stellen Sie für Fragen.
Haben Sie heute schon was gegessen?
Als Nächstes fühlen Sie mir den Puls.
Meine Hand auf ihrer Hand. Ich zog sie hoch, schob sie sanft zur Küchenspüle, wusch mit beiden Händen den Honig von ihrer Hand, wickelte um ihre Hand das Geschirrtuch, rieb ihre Hand trocken. Sie schaute mich die ganze Zeit an.

Mein Mann.
Ja?
Er hat sich das Kreuz gebrochen.
Schlimm, sagte ich.
Lassen Sie meine Hand los, sagte sie.
Ist gut, sagte ich.
Bleiben Sie einen Tag länger. Tun Sie mir den Gefallen.
Hilft das denn?
Das würde es, sagte sie, was ist mit Ihren Haaren passiert?
Das Schlafkissen ist mein Friseur.

Am nächsten Morgen wurde ich von Lärm geweckt – Sillinger schrie, eine Frau versuchte, sie zu beschwichtigen. Ich schlüpfte in die Hose, lief barfuß die Treppen hinunter. Sillinger hielt ein Messer in der Hand, eine Schwarze hatte den Arm um ihre Schultern gelegt. Bei meinem Anblick erlahmte ihrer beider Schwung. Sie rangen nicht miteinander, so viel war klar. Mutter stellte Tochter vor, ich starrte.

AUFSTIEG
IN WIRBELN

Was ist? sagte Iris.
Nichts, sagte ich.
Ich bin kein Beutekind.
Verstehe ich nicht.
Bin nicht armen Afrikanern weggenommen worden.
Ihr Mann war schwarz, sagte ich.
Mein erster, ja, mein zweiter nicht, sagte Sillinger.
Alles verwirrend, sagte ich und hörte die Frauen lachen. Frühstück, diesmal drei Teller auf dem Tisch, eine Schale mit Tomaten- und Gurkenscheiben. Sillinger klärte mich auf. Das Messer war auf dem Fußabtreter gelegen. Dort draußen lauerte ein instabiler Kerl der Beute auf. Spielte verrückt. Höchste Zeit, die Polizei einzuschalten. Tochter Iris widersprach: Es würde nichts dabei herauskommen, der Kerl bliebe im Verborgenen, um aufgereizt zuzuschlagen. Ein Verdammter mit einer kranken Leidenschaft; er wüsste, dass sich ein fremder Mann bei ihrer Mutter aufhielt. Ein Blick von Sillinger ließ Iris verstummen. Dann sagte sie, ein sehr schlechter Traum letzte Nacht hätte sie veranlasst, sofort

loszufahren. Ich zog mich zurück, sah meine Zeichnungen durch: andere Hautfarbe, große Ähnlichkeit. Die Katze sprang ins Zimmer, sprang in den Koffer, rollte sich ein. Schwarzes Kind einer Großbürgerin, messerwetzende Witwer, träumende, entrückte, in Spiegeln verzerrte Menschen, trocknende Farben. Mein Telefon klingelte, ich drückte fluchend auf die Annahmetaste. Helmut, halb besoffen. Helmut, aufgerissen in der Nacht, ich hatte ihn um seine Ruhe gebracht, er wollte mich sehen und den bösen Geist austreiben, morgen würde er anreisen, er schrie, er bejubelte sich wegen seines Mutes, er jubelte brüllend, ich unterbrach die Verbindung. Der Katze grollendes Schnurren. Licht aus.

Am nächsten Tag bat ich Sillinger, mir den Namen der oder des Verdächtigen zu verraten. Sie stutzte, ich setzte nach: Keine Rücksicht auf Verluste, Körpereinsatz jetzt. Iris schwieg. Bald saß ich auf dem Sofa des Witwers, der mich einen Witwenschüttler genannt hatte. Er zog die Strümpfe hoch,

er wollte auf einen Zweikampf vorbereitet sein.
Die Sonne schien ihm ins Genick. Ich dachte:
Ich trage den Kampf zu der Brut. Lächerlich.
Dem abartigen Feind entgegen. Lächerlich.
Ich bin erleichtert, sagte er.
Klar sind Sie das, sagte ich, das, was Sie getan haben, wird Ihnen keiner von der Seele nehmen.
Frau Sillinger hat mich besucht.
Ich weiß.
Ihre Zunge war schwarz. Wahrscheinlich lakritzgefärbt. Fast hätte ich sie darauf angesprochen.
Aber ich riss mich zusammen.
Hören Sie, sagte ich, solche Rentner wie Sie interessieren mich einen Dreck. Ich bin Maler. Man kann mich mieten. Dann male ich ein bestelltes Bild, das man an die Wand hängt. Genau das ist auch diesmal passiert. Alles korrekt und normal.
Klingt wie ein Bewerbungsgespräch.
Sie halten den Mund, rief ich, wo war ich stehen geblieben? Genau – alles läuft nach Plan. Plötzlich aber wird ein mieser alter Mann aktiv. Er denkt:

Liebe wird nicht vertagt, jetzt oder gar nicht.
Er will aus einer Witwe den letzten Rest Liebe rausquetschen. Diese Frau hat kein Interesse, an diesem Mann nicht, und auch an keinem anderen.
Fällt mir schwer, das zu glauben, sagte er.
Ihr Schädel besteht aus Luft und knackenden Knochen, sagte ich.
Kann sein. Sie werden auch mal alt.
Waren Sie es?
Ja, ich war im Hinterhof. Nein, ich habe ihr Fahrrad nicht beschädigt.
Blödsinn, rief ich.
Frau Sillinger schickt Sie, damit Sie mich einschüchtern. Sie werden benutzt. Wahrscheinlich fühlen Sie sich gut dabei. Der Held in der Not beschützt eine Frau und wird belohnt.
Womit?
Mit Bettwärme.
Nichts vorgefallen.
Ich hatte einen Traum …
Oh nein.

Ein Saal im Schloss eines Fürsten. Im Saal hinten steht Frau Sillinger. Ich stehe an der Tür, habe wohl einen Schritt über die Schwelle gemacht. Erst denke ich: Dunkle Juwelen an ihren Ohren. Ich schaue genauer hin. Eine Fledermaus hat sich an einem Ohr festgekrallt, hängt kopfüber herunter. Sie schläft. Am anderen Ohr hat eine Fledermaus das Ohrläppchen aufgeritzt und saugt.
Das ist eine wirre Geschichte, die Sie mir da erzählen.
Nicht wahr?
Ich soll Ihren Traum deuten.
Nein, sagte er, ich will nur, dass Sie mich und die anderen verstehen. Wir sind erledigt. Wir sind wegen ihr verkrüppelt. Seelenkälte.
Mir egal. Nehmen Sie professionelle Hilfe in Anspruch. Legen Sie sich beim Arzt auf die Liege. Hauen Sie ab.
Ich habe Verstärkung angefordert. Wenn was passiert, treten wir Ihnen die Tür ein.

Iris passte mich unten ab. Schwarze Statue auf nassem Asphalt. An den Schuhspitzen Erdbröckchen. Am Grab des Vaters gewesen, der nicht ihr Vater war, der sie aber aufgezogen hatte. Wichtig: nicht die Farbe, aber die Haltbarkeit der Haut. Ich dachte über ihre Worte nach. Gegenüber ein Sittenbild unserer Zeit. Junge Männer aßen Fleischscheiben aus Alufolienkegeln. Steckten Schnauzen hinein. Ramponierte Freischärler, Schnauzen von weißer Soße bekleckert. Sillingers schwarze Tochter ragte wie eine Lanze aus der Leere. Die Jämmerlichen beglotzten sie. Eine Frau vor uns ging komisch, Iris sagte: Zu breit gewickelt als Kind, deshalb der Hüftschaden. Ich blieb stumm, dachte über sie nach. Ihr traute ich Kenntnisse zu – Kenntnisse über das Lichte, das Gescheckte, das Rissige und das Benetzte. Sie fasste ein Ding an und erfühlte den Kern. Das Gegenteil von Helmut: In seiner Nähe verdarb die Milch und verschimmelte das Brot. An ihn mochte ich nicht denken. Schwarze Tochter und Porträtmaler, wir gingen nebeneinanderher,

an Männern vorbei, die krötenhaft hockten und die Flasche kreisen ließen. Ein Mann aus der Runde stand auf, steckte Limonenschalenschnitze hinter die Lippen, nahm die Pose eines Fliegengewichtsboxers ein. Reservekämpfer, Reserve für den Hauptkampf. Sie zog an meinem Ärmel, ich entschuldigte mich für meine Unachtsamkeit. Frage: Ich lade Sie zum Kaffee ein, wir müssen sprechen. Gut. Arbeit erledigt, Bild gemalt, Witwer zweimal verwarnt, ich hatte frei. Wir stiegen in die U-Bahn. Tölpel, Flegel und Pendler, wenige Touristen, noch einige Wochen bis zur Hochsaison. Frau mit Kleinkind, das bunten Luftballon an der Schnur hielt. Ein Kerl stierte es an, verzog angewidert den Mund.
Die nächste Haltestelle wurde durchgesagt, Mutter und Kind standen auf, Kerl steckte sich noch im Zug eine Zigarette an. Beim Aussteigen hielt er die brennende Zigarette an den Luftballon. Im Nu war Iris auf den Beinen, ich sprang hinaus, kurz bevor die Türen schlossen. Schwarze Furie, Hand verkrallt im Haar des Kerls, sie zog seinen Kopf in den

Nacken, er schrie, er strampelte, Iris spuckte ihm in den offenen Mund, ließ ihn am Boden liegen, eilte den Treppenaufgang hoch. Ich holte sie auf der Höhe der Einkaufspassage ein, ich war außer Atem, sie atmete flach durch die Nase. Sie sagte: Wir hätten zwei Stationen weiter fahren müssen. Hier kenne ich mich nicht aus.

Wir setzten uns auf eine freie Parkbank, ich holte Kaffee vom Studentenlokal in der Nähe. Sie trank, sie zerbiss den Trinkrand des Pappbechers. Sie sagte: Meine Mutter will nicht, dass jemand sie bewacht. Sie ist kein Privatgelände, kein Kronjuwel, keine Garnison. Wo wir bei den Vergleichen sind – sie ist eher ein Spiegel. Wer sich in ihr anschauen will, hat verloren. Ich kenne sie gut, besser als eine Tochter ihre Mutter kennt. Zwei Spiegel, die an gegenüberliegenden Wänden hängen. Sie bespiegeln einander. Jeder Spiegel ist ein gähnender Mund. Das würde ihr gefallen … Ich rede, Sie sind still.
Ja, sagte ich.

Dann sollte ich am besten mitschweigen.
Nein, sagte ich.
Das ist aber auf die Dauer für mich unerträglich.
Dass Sie reden müssen?
Sie fragen: Sie zeichnen mit Fragen einen Kreis in den Sand. Ich antworte: Ich gehe im Kreis.
Sie haben es mit Bildern.
Das sagt der Richtige. Hat Ihnen mein Racheakt vorhin nicht gefallen?
Der hat's verdient.
Manchmal bin ich brutal – ich komme nach meiner Mutter.
Frau Sillinger schlägt Männer?
Wenn's sein muss, ja, sagte sie, was gibt's da zu grinsen?
Ich habe mir das soeben vorgestellt.
Sie wandte den Blick ab, schaute wieder her – jetzt ist es so weit, dachte ich. Und sie begann zu erzählen …

Sie kannte ihren Vater unter dem Namen »der Afrikaner«. Mozambique, Äthiopien, Kongo, egal,

er kam aus dem fremdesten aller Kontinente, nur das zählte. Für die Nachbarn war er der schwarze Fleck, der tote Winkel, der Mann, dessen Augen und Zähne im Keller und in der Nacht leuchteten. Er fiel ohne Absicht auf. Er verdunkelte. Er verschwärzte das Weiß. Unglaublich: Sie liebten ihn dafür. Weshalb? Weil die Weißen das Gegenstück und die entfernteste Landmarke bestaunten? Weil die Weißen ein Wort erfunden hatten: Fernweh, und weil dies Wort wie ein schmucker Lendenschurz zum Afrikaner passte? Die weißen Männer, sie liefen an heißen Tagen halbnackt in Shorts herum. Sie mussten über sich selbst lachen, wenn er auftauchte. Er war ein ganzer Kerl, ein harter Hund, ein guter Saufbruder.
Den Frauen kam er vor wie eine exotische wasserspeichernde Pflanze. Sie verglichen ihn außerdem mit klarem Bachwasser, mit einer schwarzen Taube und mit hellem Klang. Verhexte er sie? Nein.
Er verhässlichte sich sogar – er blies die Backen auf, sein Kopf schwoll an, und man musste befürchten, dass er platzte. Eine Lehrerin, die Intellektuellste

vor Ort, sprach von ihm als einem königlich aufgeputzten Mann: Der Afrikaner flackerte zwischen hier und dort. Zwischen unserer Stadt, die nun offenkundig auch seine Stadt geworden war. Und jenem Ort, dem er entstammte und von dem wir aber so gut wie nichts wussten. Auf die Bilder im Fernsehen und in den Magazinen konnte man sich nicht verlassen.

Er gab wenig preis. Das Frollein Sillinger wusste da schon mehr. Das Mädchen suchte seine Nähe. Er stand für das Entfernteste in der Ödnis. Es hatte Naturlocken und von Natur aus dunkel umrandete Augen. Manchmal hatte ein Junge den Mut aufgebracht und es gefragt, ob eine Liebelei möglich wäre. Zwei Männer hatten sich wegen der jungen Sillinger die Schädel blutig geschlagen. Nicht weit von der Müllhalde, im Rücken der Stadt, auf einem Feld voller faustgroßer Steine. Sie hatten sich nicht geprügelt, sie hatten miteinander gebalgt wie Kampfhundwelpen, und weil sie im Kämpfen ungeübt waren, fielen sie auf die Stirn. Der jüngere der beiden sprach im Wirtshaus von seiner Heldentat. Zufällig hielt sich auch Vater Sillinger im Lokal auf. Er schlug den Jungen, zwei Hiebe mit seiner Rechten. Für die anwesenden Männer hatte er rechtschaffen gehandelt. Sie sagten: Es ist noch nicht in dem Fass, wo es pökeln soll. Sie meinten: Es ist noch zu früh für Brunftrufe und Balztänze, die Bewerber sollen weichen. Doch Vater Sillinger hatte nicht seiner Tochter Ehre verteidigt. Sie sah aus wie eine Frau, sie roch wie eine Frau, also fühlte sie auch wie eine Frau. Dagegen konnte er sich nicht stemmen, Sitte und Prahlerei gingen nicht zusammen, daran glaubte er, also hatte er zuschlagen müssen. Was aber dachte er über den Afrikaner, den Andershäutigen? Er sagte: Der Tisch hat mehr Beine. Er meinte: So oder so kann man das sehen, so einfach ist es nicht. Sein Mädchen war im gebärfähigen Alter, es musste aufpassen.

Der Afrikaner: eine Sensation. Wunder wurden von ihm erwartet. Bitte das Welke zum Blühen bringen.

Bitte den Gebrechlichen Stab und Stütze sein. Bitte dem Schmied die Zangen halten und dem Gesellen beim Auspichen des Bierfasses helfen. Bitte machen, dass unsere Gebisse nicht mehr klappern. Dass wir Hellhäutigen wieder lachen können wie tobende Kinder. Das Sillinger-Mädchen war kein tobendes Kind. Es wollte stehen oder sitzen oder gehen und dabei sprechen. Worüber? Nicht über Gefühle und Spektakel. Jeder Wundertätige war in ihren Augen ein Mistkerl. Von ihm, einem ernsten Mann, erwartete sie weder Heilung noch Trost. Man sah die beiden züchtig und sittsam reden, sie scheute nicht die Gesellschaft anderer Menschen. Eine Mutter hatte das Mädchen nicht, sie wäre vielleicht eingeschritten. Mutter starb bei der Geburt der Tochter, ein keinesfalls unherkömmliches Ereignis. Besonders herkömmlich kam es den Frauen allerdings nicht vor, dass ein ernstes weißes Mädchen und ein ernster schwarzer Mann viel Zeit miteinander verbrachten. Vater stellte Tochter zur Rede: Entglitt sie einem anständigen Leben? Was geschah, und

worauf sollte er sich gefasst machen? Keine befriedigende Antwort. Noch am selben Tag suchte er den Afrikaner in seiner Junggesellenwohnung auf.
Es roch sauber, der Mann war zuvorkommend. Vater Sillinger duldete keine Ausflüchte: Schwebte dem Schwarzen eine Vermählung mit seinem Mädchen vor? Die Antwort: Ihre Tochter ist an ein gutes Leben gewöhnt. Entschiede sie sich für mich, würde sie unter ihrem Stand heiraten. Das wäre Ihnen bestimmt nicht recht. Lassen Sie mich aus dem Spiel, rief Vater Sillinger, ich habe nichts gegen Sie, weil Sie dunkler gefärbt sind. Ich dulde aber keine Lausigkeit …
Er wünschte einen guten Tag, kehrte heim, bestellte das Mädchen zu sich und sagte: Der Mann wird dir Harm antun! Oder er wird die Lust bei anderen Frauen suchen, vielleicht bei einer Frau seines Schlages …
Was sollte das heißen? Schwarz zu Schwarz gesellt sich gern? Wir Weißen müssen uns separieren, sonst droht Gottlosigkeit? Diese Worte seiner Tochter ließen ihm das Blut in den großen Kopf schießen – er zwang sich zur Ruhe. Er rauchte in der Stube starken Tabak.

Der Afrikaner: Wunder vollbrachte er nicht. Also schlug die Stimmung um. Vater Sillinger gab sich unbeteiligt. Männer im Wirtshaus, Männer, die mit ihm Geschäfte machten: Sie schworen, dass er sie gegen den Schwarzen aufhetzte. Das Mädchen hatte seinen eigenen Kopf, es scherte sich wenig um das Getuschel. Vielleicht wusste sie es von Anfang an, dass alles darauf zulief – auf die Geburt ihres andershäutigen Kindes. Vater Sillinger starb nicht an Kummer, er war keine Nebenfigur in einem Märchen, in dem die Guten besser und die Schlechten schlechter wurden. Der Schwarze verschwand. Die Tochter gebar. Alles ging seinen Weg. Das vaterlose Enkelkind gefiel ihm. Und weil er es zufrieden war, gaben die Menschen Ruhe. Sie sprachen nur heimlich über den Mann, der mit seiner Flucht alle Ansprüche verwirkt hatte. Jemand wollte ihn dabei beobachtet haben, wie er eine Handvoll abgebrochene Schwefelköpfe wie Saatgut aufs Feld streute. Ein anderer nannte den Afrikaner einen Einfältigen, der Schnee im Ofen buk. Wohin war er geflohen? In seine Heimatwelt? Wo war das? Eine Frau sagte: Wir sind hier, und er ist dort. Mehr brauchen wir nicht zu wissen. Er wird nicht wieder herkommen … Eine andere Frau widersprach: Der Afrikaner weine bestimmt blutige Tränen ob der Tochter, die er nicht würde herzen können. Wie aber verhielt man sich gegenüber einer Frau, die ein uneheliches Kind zur Welt gebracht hatte? Kein leichter Ausrutscher, eine schwere Verfehlung. Viele sagten: Das geschieht ihr recht! Die junge Dame mit der spitzen Nase, was war sie nicht ein gespreiztes Wesen. Und was haben die Jungen wegen ihr ein Mordstheater gemacht! Das kommt davon, wenn man sich das Leben zurechtschnitzt. Und der Kerl? Der glaubt, er hat nur einen Ulk ausgefressen. Jetzt macht er einer anderen dummen Gans schöne Augen … Man tuschelte also hinter ihrem Rücken. Umso größer die Überraschung, als Jahre später ein Mann um ihre Hand anhielt. Kein Greis, der des nächtlichen Vergnügens wegen den Balg in Kauf nahm. Keine arrangierte Ehe – der Vater hatte

Man kann
hingerissen sein
oder
nichts sein,
dazwischen
ist
nur
geschmolzener
Schnee

nicht nachgeholfen. Es hieß, Mann und Frau liebten einander. Es hieß, sie wäre sogar zwei Jahre älter als er. Ein vermögender Mann, ein reich gewordener Krämer. Sie behielt ihren Mädchennamen – wieso? Sillinger, der Name klang gut. Iris Sillinger – der Name ihrer Tochter noch besser. So ähnlich hießen deutsche Filmschauspielerinnen.

An einem Herbstabend traute sich der Mann, seine Frau über den Afrikaner auszufragen; was hatte sie damals für ihn empfunden? Stand ihr Herz in Flammen? Ging es um uneingestandene Gelüste? War sie ihm ins Garn gegangen? Hatte sie schon früh gewusst, dass über der Liebe zu dem Schwarzen ein Unstern stand? War sie als ausgewachsenes Kind derart unerschrocken, dass sie das Gebräuchliche, das Brauchbare und die Bräuche verachten musste? Er bohrte so lange, bis sie aufstand und eine kleine Hirtenfigur aus Holz ins Kaminfeuer warf. Sie war keine Unschuldstaube, doch man durfte sie nicht deshalb piesacken. Die Figur verbrannte, es roch nach Lack im Zimmer, ihr Mann Wilhelm erstarrte. In den nächsten Tagen rang er mit sich: Sollte er diese Sache beenden? Vor der Hochzeit hatte er einen Kerl die junge Frau ein Negerliebchen schimpfen hören. Die meisten Trinker im Wirtshaus hatten es überhört. Wilhelm erlebte Nachtstunden der Seelenmarter, er schlief im Gästebett, er grübelte sich wund. Morgens um vier Uhr kam sie zu ihm, setzte sich auf die Bettkante, stellte eine Frage nach der anderen: Willst du mich verlassen? Habe ich umsonst geglüht? Bin ich für dich eine alte Tasche, die du im Schrank verstaust? Glaubst du, meine Schönheit ist über den Mittag hinaus? Hasst du meine Tochter, weil sie dich an den anderen erinnert? Wünschst du dir insgeheim, dass ich sie weggebe? Bist du meiner überdrüssig geworden? Hältst du mich für verrückt, weil ich Kerben ins weiche Wachs drücke? Sollte ich dich loben und mich öfter bedanken? …

So viele Fragen, sagte ich.

Mein Vater war mit seinem Verstand am Ende, sagte Iris.
Einer von der alten Welt.
Ein anständiger Mann. Ich habe ihn kein einziges Mal nackt gesehen, er legte großen Wert darauf.
Haben Sie Kinder?
Nein, ich kann nicht mitreden.
Haben Sie das gesehen?
Was?
Die schnipsende Kellnerin, sagte sie.
Ein Tick.
Vielleicht. Das Trachtenkleid steht ihr gut.
Wieso haben Sie mir das alles erzählt? sagte ich, verstehen Sie mich nicht falsch, ich fühle mich geehrt …
Reden Sie doch nicht so gespreizt daher, zischte sie.
Ich entschuldigte mich, wusste aber nicht wirklich, weshalb. Mutter und Tochter, jede der beiden lebte in ihrer Musterwelt, und manchmal legte eine der beiden die Fingerspitzen aneinander, starrte blind ins Ungefähre. Was genau erwartete man von mir?

Dass ich sie mit blinden Augen zeichnete? Dass ich Heil und Verheilung versprach, dass ich log, mit Worten wie mit Bildern? Dass ich anderer Leute Suppe aufschmalzte? Iris bezahlte, wir traten den Heimweg an, kein Regen, wir liefen. Sie blieb an einem Kaugummiautomaten stehen. Schmauchspuren am Sichtfenster. Sie steckte eine Münze in den Spalt, drehte am Griff, die Zahnräder klemmten. Ich schlug mehrmals gegen das Metallgehäuse, ich tat mir weh. Sie sagte: Als Schläger taugen Sie nichts. Sie eilte in ein Spezereiwarengeschäft, kam kurz darauf mit einer kleinen Tüte zurück. Ich dachte: Mischblut. Ich dachte: Unverdünntes starkes Blut. So fing es immer an – im Anfang komische und dumme Worte, bald darauf Bilder. Iris wollte wissen, wieso ich schwieg. Ich keime, sagte ich. Sie fragte nicht nach. Hatte ich sie enttäuscht? Was eine Geschichte: Leiblicher Vater ein Afrikaner, der die Mutter sitzen lässt. Ziehvater verliebt, aber zerfressen von Eifersucht. Hätte ich Mitgefühl heucheln sollen? Sillinger hasste

Komplimente, die Tochter kam bestimmt nach ihr. Was war in der Tüte? Iris verriet es mir nicht. Ich ließ mich von ihr führen, sie kannte sich aus, ging aber seltsame Wege. Junge Frauen in konservativen Kostümen. Es entging Iris nicht, dass ich sie heimlich anstarrte. Helmuts Worte: Die Nächste wird folgen. Heißhunger auf schnelle Liebe, ich atmete durch. Ich musste mich benehmen.
Sie haben keine Freundin.
Nein, sagte ich.
Schwer auszuhalten?
Sie machen sich über mich lustig.
Ein bisschen, sagte sie und lachte.
Ich habe so ein Gefühl, sagte ich, täusche ich mich, oder haben Sie mir die Geschichte nicht ohne Grund erzählt?
Stimmt.
Was stimmt?
Es gibt einen Grund.
Und?
Meine Mutter ist kein leichter Mensch. Man glaubt, sie würde Ameisen aus purer Lust zertreten.

Manchmal … verhält sie sich wie eine spät berufene Jungfrau.
Wie unverschämt, rief sie, sind alle Maler so grob wie Sie?
Gut, ich nehme es zurück, sagte ich, Sie wissen doch genau, was ich meine. Frau Sillinger …
Hat sie Ihnen ihren Vornamen nicht genannt?
Nora, sagte ich.
Sie hat auch einen Zweitnamen …
Iris kam nicht dazu, ihn mir zu verraten: Vorne, in einem Hauseingang, lauerte der Witwer und schaute in unsere Richtung. Ich lief los, er zog seltsamerweise die Strümpfe hoch. Machte keine Anstalten, zu fliehen. Wartete.
Sie Schwein, sagte ich, was tun Sie hier?
Ich kann mich aufhalten, wo ich will, sagte er.
Es ist keine zwei Stunden her, da hab ich auf Ihrem Sofa gesessen.
Ein unnötiger Besuch.
Wo ist mein Schuh? sagte ich.
Irgendwo vergraben. Fraß der Würmer.

Ich machte einen Schritt in seine Richtung, er wich zur Seite aus. Umtänzelte mich, schlug mich mit dem Handrücken auf die Wange. Iris schlug ihm die Beine weg, und er fiel auf den Rücken. Rollte sich ein, schützte seinen Kopf vor den Tritten. Sprang plötzlich auf, floh. Ich folgte der Frau, die zwei Männer niedergestreckt hatte, sie war eindeutig fast immer die Überlegene. Bestimmt gab es auch über sie Gerüchte, bestimmt mied man sie, weil sie sich nicht nur mit einem kurzen Stecken zu wehren wusste. Ich sagte: Ich laufe in den Schuhen Ihres Vaters. Sie kreuzte die Finger – eine Frau der undeutbaren Handgebärden. Sillinger wartete in der offenen Haustür, hinter ihr im Flur stand Helmut. Nicht wirklich gealtert, Frost an den Schläfen, dicker Hals, ordentliche Kleider ohne Schmutzflecken. Zwei verlegene Männer, zwei neugierige Frauen. Er brach das Schweigen: Er hatte meinem Galeristen unter milder Androhung von Gewalt Frau Sillingers Adresse entlocken können. Sie war so nett gewesen, in ihm keinen Hausierer zu

sehen. Iris verschwand in einem Zimmer, Helmut folgte mir ins Gästezimmer.
Du hast abgebaut, sagte er.
Wie?
Weniger Fleisch. Dafür mehr Kopf. Passt nicht.
Du hast mich falsch in Erinnerung, sagte ich, damals hast du mich immer eine dürre Schindel genannt.
Stimmt.
Jetzt bist du da.
Mit Restalkohol im Blut. Die feine Dame hat es gerochen. Mutig, mich reinzulassen. Schöne Frau.
Ja.
Du hast sie gemalt.
Bild ist fertig.
Dann hält dich hier nichts mehr. Morgen können wir zusammen zurückfahren. Bin mit dem Auto da.
Du warst sturzbetrunken.
Wurde nicht angehalten. Hab ja meist Glück.

Wir sprachen wie Freunde in der Idylle. Er erzählte von seiner Nachbarin gegenüber: stark geschminkt,

STRAH
LEN
D
IM
HERBST

aber attraktiv. Jeden Morgen verließ sie um Punkt sieben Uhr zwanzig die Wohnung. Helmut ging in seiner Wohnung in die Hocke und spähte durch den Briefschlitz der Tür. Freier Blick auf ihre Kniekehlen. Dann aber, nach ein paar Tagen, fühlte er sich schlecht. Ein mieser Hund wollte er nicht sein. Klingelte abends bei ihr, beichtete alles. Versprach, den Schlitz außen wie innen mit Packband zuzukleben. Sie sagte: Ich hasse solche Kerle wie Sie. Trotzdem: Er hielt sein Versprechen. Zwei Wochen vergingen. Diesmal klopfte sie an seiner Tür, bedankte sich bei ihm. Wofür? Für sein ritterliches Verhalten. Tatsächlich hatte sie diese Worte gewählt, er konnte es nicht fassen. Nähe ausgeschlossen. Er dachte in den Begriffen der Nützlichkeit, also kam er zu dem folgenden Schluss: Tugendhaftigkeit war Kastration. Er wartete auf meinen Widerspruch, ich tat ihm den Gefallen. Zwei Augen am offenen Briefschlitz – erbärmlich. Ich sprach von den streunenden Witwern, vom alten Mann, der eingebildete Rivalen einzuschüchtern

versuchte, indem er ihnen den Schuh stahl. Helmut bekam einen Lachanfall. Er sagte: Jetzt gehen wir schlafen, sonst werden wir dumm, dick und krank. Ich konnte ihn davon nicht abbringen, sich auf den Boden zu legen. Trinken war gut, Komfort war Gift. Ich stahl mich nach unten zu Sillinger, die wie vermutet allein am Frühstückstisch saß.
Sie wissen, worum ich Sie bitten werde?
Ja, sagte ich, ich bleibe noch einen weiteren Tag. Iris glaubt, ich übertreibe.
Womit?
Ich binde Sie an diesen Ort.
Sie fesseln mich nicht.
Gut. Übrigens: Ich lasse das Bild einrahmen.
Bloß nichts Wuchtiges, sagte ich.
Der Rahmen wird nicht teurer sein als das Bild, sagte sie.
Also doch ein dicker breiter Rahmen. Tun Sie's nicht.
Wieso nicht?
Die Leute werden denken, Sie seien selbstverliebt.
Damit kann ich leben … Ich hörte von Ihrer

Begegnung, mit dem Kerl, der mir nachstellt.
Der wird Sie weiter belästigen, sagte ich.
Machen wir einen Nachtspaziergang.

Draußen Wispern und Rauschen, Häuser wie
Tugendburgen in dunklen Schatten verborgen,
die Schreie von Entsetzten trug der Wind her,
sterbende Stadt, Sperrmüll an der Hauptstraße,
geborstenes Holz und verbogenes Metall, zerkratzte
Tieraufkleber am Hängeschrank, verbackene Seifen-
reste in der Glasschale, eine Frau stach mit dem
Stock in eine nasse Matratze, ihr Abendvergnügen,
ihre Lust, ihre heimliche Rache. Sillinger grüßte
sie im Vorbeigehen. Ich hebe sie mir für später auf,
dachte ich, an das Nachbild dieser Frau werde ich
mich halten. Wie nenne ich das Bild? Mondes Blässe.
Kopf, Haar und halber Rumpf. Hintergrund
strahlend pink oder Zigeunerrot. Geschminkt, Blick
abgewandt. Ich schaute über die Schulter zurück:
Sie schob mit der Fußspitze ein kleines Gerät
beiseite, kniete sich hin, schlüpfte in Damenhand-

schuhe. Beute gefunden. Sillinger hakte sich bei mir ein. Nach zehn Minuten Fußmarsch betraten wir eine Bar. Frauen führten mich aus: Half es gegen ihre Seelenschwellung? Seele wurde groß und größer, drückte von innen gegen Haut und Knochen. Mutmaßungen, abseitige Gedanken. Ein Mann in der hintersten Ecke stieß einen Hasslaut aus, seine Frau oder Freundin verfluchte ihn laut. Sillinger wollte am Tresen sitzen, ich kletterte ungeschickt auf den Barhocker. Sie tat nichts ohne Absicht – was hatte es also zu bedeuten, dass wir uns in dieser Bar aufhielten?
Ich würde mich gern betrinken, aber ich kann nicht, sagte sie.
Dann etwas Antialkoholisches, sagte ich.
Sie sind eingeladen. Bestellen Sie teuren Whisky.
Mir ist nicht danach.
Haltlosigkeit hätte sie nicht beeindruckt, also hielt ich mich an Fruchtmischgetränke. Der Kellner nahm die letzte Bestellung entgegen, in einer halben Stunde würde die Bar schließen.

Ihre letzte Freundin, sagte sie.
Sonja.
Was hatte sie an Ihnen auszusetzen? Bitte seien Sie ehrlich.
Sie dachte, ich verderbe sie, sagte ich.
Wieso?
Ich muss vor dem Malen und beim Malen hinschauen. Das gehört zu meiner Arbeit. Ich mustere die Frauen, ich bitte sie manchmal, still zu sitzen.
Wie bei mir geschehen.
Genau.
Sie warf mir vor, ich wäre auf die Beseitigung der Frauen aus. Im wirklichen Leben stieße ich auf Gegenwehr, also versuchte ich es in meiner Kunst.
Sie ist Ihnen schließlich entwischt.
Ich habe sie nicht gejagt, sagte ich.

Eine Lüge. Eigentlich hatte ich Schaufensterschmücker gelernt. Stoffe drapieren, Puppen einkleiden, auskleiden. Puppenhafte Frauen blieben stehen, schauten auf die Puppen in den großen Schaukästen, strömten herein. Man lobte mich, den Puppenausstatter. Raus aus diesem Geschäft. Ich dachte damals: Wenn Betrug, dann mit Pinsel und Farbe. Wenn sie schon etwas nach Hause tragen wollen, dann bemalten Stoff von mir. Meine Mutter bezahlte die Rechnungen – ich lernte, ich schrumpfte, ich wurde klein und demütig. Geldverdienen als Künstler war hart und abscheulich. Ein Jahr später: Porträtzeichner auf dem Flohmarkt, beschwipste Schülerinnen nahmen meine Dienste in Anspruch. Gesplitterter Nasenknochen, Freund eines Mädchens haute mich aus Eifersucht um. Das Mädchen hatte sich zu sehr über ihr Bild gefreut. Ich bekam das hin, die Ähnlichkeit. Man hielt das für große Kunst. Raus aus diesem Geschäft. Mutter zahlte – ich fand zu einem eigenen Stil: Das sagte man, wenn man meine Bilder sah. Man sagte: Schmelzende Gestalten malst du, sie tropfen aus – verderben sie in der Sonne? Und ich gab mich geschlagen. Man entdeckte Geschöpfe, die viele Mäuler aufrissen zum Geheul, senffarbene Wolken zogen dahin, Steinhagel, Blutregen, Mystik und Mummenschanz. Der Galerist stellte meine hässlichen Gemälde aus, sie fanden ihre Käufer. Drecksgesichter, Dreckslandschaften, Dreckschlackeregen, alle Bilder gingen weg, Galerist glücklich, ich war für wenige Tage nicht verdrossen. Helmut studierte Kultur und kaufte kein Bild. Er sagte: Diese Welle verstreicht, dann kommen die braven Söhnchen, man wird dich bald vergessen. Und es geschah. An den Wänden der Galerie hing nur noch nett Hergemachtes. Ich hörte auf zu schimpfen. Ich traf Sonja. Liebe wurde wichtiger ...

Wenn Sie grübeln, werden Sie bleich, sagte sie.
Was wird jetzt geschehen?
Mit Ihnen?
Nein, ich meine diese leidige Geschichte.
Der alte Kerl hat einen Narren an Ihnen gefressen, sagte sie, ich mache mir Sorgen.
Zu spät, sagte ich.
Haben Sie Wünsche für den morgigen Tag?

Ich werde unleidig, wenn ich nichts tue.
Sie verstand. Ihr Vorschlag: Iris porträtieren.
Allerdings müssten wir uns über das Honorar
unterhalten. Mäzenatentum schwebte ihr nicht vor.
Mein Vorschlag: kein Bild in Acryl, nur Bleistift-
studien, ihre Tochter würde ein Blatt behalten
dürfen, und mich mit einem Abendessen entgelten.
Wir brachen auf. Der Sperrmüll war geplündert.
Leere Gassen. Kurzes Nachtgespräch mit Iris –
sie erklärte sich einverstanden. Bedachte die Mutter
mit einem seltsamen Blick. Helmut lag mit offenen
Augen auf dem Boden, ich schlug ihm vor, einen
Tag dranzuhängen. Er sagte: Wo ich trinke,
ist Lebensraum. Mein gewesener bester Freund
war Alkoholiker. Verlagerte das wahre Leben in
den Abend. Schnaps ließ alles Niederzerrende
verschwinden. Die Stunden davor nur Vorbereitung,
Fieber, Lust auf den ersten Schluck und das Lippen-
lecken danach. Die Tageshelle, der schöne Schwindel,
die Verderbnis. Er wollte nur eins: die Rohen davon
abhalten, ihm zu schaden, ihn zu verletzen.

Wieso hatte ich ihn kein einziges Mal gemalt?
Wegen meiner dummen Einstellung: Malte ein Maler einen Mann, kam das der angewandten Homosexualität gleich. Ausnahme: Auftragsarbeiten.
Ich sagte: Ich sollte dich mal malen.
Ich brauch das nicht, sagte Helmut.
Dann nicht.
Bis vor drei Wochen hatte ich einen Gipsarm. Hab den hohen Bordstein übersehen. Die Frau an meiner Seite griff nach mir, fasste ins Leere.
Eine Frau, sagte ich.
Hab sie auf der Kirmes kennengelernt.
Du und Jahrmarkt?
Ich bin längst raus aus der Kultur, sagte er, die Frauen mit Niveau, ich komm mit ihnen nicht klar. Für die bin ich bloß ein Säufer. Die warten, bis sie knapp vierzig sind. Dann schnappen sie sich einen etablierten Mann.
Einen mit Sechstagebart.
Der kriegt muskulöse Unterarme vom Kinderwagenschieben.

Wenn man uns reden hörte, sagte ich.
Willst du das ewig weitermachen?
Die Malerei?
Die Kunst, rief er.
Ja. Trotz allem.
Du Held ... Eine Sache noch. Frau Sillinger.
Die Mutter.
Ich rede nicht von der jüngeren. Läuft da was?
Und sag jetzt nicht, sie könnte deine ältere Schwester sein.
Sie ist schon schön. Aber wie soll das gehen? Sie hat mich kurz eingestellt und mich bezahlt.
Du bist blöd geblieben, sagte er.
Bestimmt, sagte ich.
Zeigt sie Interesse?
Ich werde aus ihr nicht schlau.
Du bist arm, und sie ist reich, sagte er, natürlich sieht sie sich vor.
Die Vorsicht bringt die Leute um.
Nachtgeflüster, zwei Männer im oberen Trakt, zwei Männer, die über Hemmungen sprachen:

Philosophie der Quatschköpfe. Ein Mann, der aus der Kultur ausgestiegen war und für die schnapsbefeuerte Aufregung lebte. Der andere – ich.
Zur Tugendsamkeit verdonnert. Jemand klopfte unten gegen die Wand. Wir schwiegen. Ich zog die Decke über den Kopf.

Erste Sitzung Iris, schönes schwarzes Gesicht, wie zeichnen? Wie mit Tinte gewaschene Marmorbüste? Ein Unsinn. Rund der Ohrmuschel, kleine Ohrläppchen, die Augen gesetzt, nicht hineinblicken, Stirn glatt, Haaransatz, wieder runter zu Kinn und Hals, Schultern, Puffärmel, glänzende Mulde zwischen den Schlüsselbeinen, knapp darunter Rundkragen der Bluse, Doppelknoten der dünnen Leinenbänder – unterer Blattrand. Jetzt hoch, zwei Fingerbreit Platz lassen zwischen oberem Rand und Haar, meine Hand flog übers Papier. Drehte es um, zeigte es ihr, Stille.
Sie haben das gemacht, was meine Mutter Ihnen bei ihrem Porträt verbot.

Ja, sagte ich, und, was meinen Sie?
Zu viel für den ersten Versuch, sagte sie.
Zu viel Seele?
Meine Seele ist für Sie Ausland … Lächeln Sie nicht!
Entschuldigung, sagte ich, das sind seltsame Worte.
Sie verstehen schon, sagte sie, Sie haben ein Problem. Sie sind gut, wenn Sie sich nur auf das Abbilden beschränken. Sie sind schlecht, wenn Sie hineinleuchten.
In die Seele.
Das da auf dem Papier ist ein belebtes Püppchen.
Sie klingen wie Ihre Mutter, sagte ich.
Schwätzer kann ich nicht leiden, rief sie, Sie glauben tatsächlich, Sie hätten mich enttarnt. Enträtselt.
Ihr Blick sprengt das Schloss, darauf bilden Sie sich was ein.
Ist gut.
Nichts ist gut. Sie haben mich nicht gezeichnet, Sie haben mich entkleidet!
Wieso sind Sie so aufgebracht? sagte ich.

Ich sitze hier, weil ich meiner Mutter einen Gefallen tue. Sie zeigen mir dieses Bild. Ich soll beeindruckt sein und Sie loben.
Lassen wir es sein.

Deutlichkeit war wie verbrannte Haut – sie roch. Ich hatte Iris meinen verpesteten Atem eingehaucht: Bildnis einer Schwarzen mit weißem Kern. Sie ließ mich nicht gehen. Sie verbot mir jede weitere Skizze. Die herbeigeeilte Sillinger zerriss das Blatt. Was sollte ich tun – vor ihren Augen meine Bleistifte brechen? Diese Frauen waren maßlos, der Schein trog, sie hatten Geld, Haus und Auto, sie mussten keinen Ernährer pflegen, der für die Kosten aufkam, diese Frauen fielen über jeden Mann her, dessen Phantasie sich von ihrer Phantasie unterschied. Ich wurde wütend: Sie hatten mich spüren lassen, dass ich zu den Geringeren gehörte. Ein dienstbarer Geist ohne besondere Talente, ein besserer Anstreicher, eine zweite Katze im Haus. Ich stürmte aus dem Raum, stopfte Kleider in die Tasche, bat und bettelte:

Helmut gab nach. Wir fuhren ab. Kein Abschied. Erst nach zwei Stunden machten wir an einer Raststätte halt. Wurst vom Pappteller, Kaffee und Wasser. Endlich Männerhimmel. Endlich frei. Endlich keine Frauenstimmen. Ihr verdammten Sklavenhalter, dachte ich, knebelt andere Memmen. Ich sprach die Worte aus, Helmut lachte und schüttelte den Kopf. Der Maler, ein Hänfling, der Maler, im Besitz von Leinwänden und Pinseln, der Maler, von der Freundin verlassen, besann sich auf das Schweinische und Soldatische. Helmut höhnte. Hundertachtzig Kilometer später zweiter Halt. Zigeunerschnitzel, kein Nachtisch. Ich dachte: Lieber dieser Fraß als euer Gnadenhafer. Helmut lachte mich aus, wir stritten uns. Ich machte einen schwarzen Strich und meinte einen schwarzen Strich – war das verwerflich? Deutlichkeit stank wie verbrannter Kopf. Lass den Philosophenkram, schrie er, ich fahre, ich muss mich konzentrieren, ich werd rammdösig von deinem Geschwätz. Ich übernahm die Benzinkosten, ich bezahlte das Essen, ich wollte ihn milde stimmen. Ankunft, Heimkehr. Helmut kam erst einmal mit. Tüten vor meiner Tür – Sonjas Leben war jetzt frei von meinen Spuren. Sauber gewaschene, gut riechende Sonja, bereit für den nächsten Kampf. Mein Mobiltelefon klingelte, keine Zeit und keine Lust. Tasche auspacken, im Bad vor Abscheu ins Waschbecken spucken, Geld im Sockenfach deponieren. Helmut drängte: Zerschlagen nach der längeren Fahrt, Kneipenbesuch würde uns beiden guttun. Er hatte einen guten Parkplatz, wir gingen zu Fuß.

Die Tanzlehrerin winkte uns an ihren Tisch. Wiedersehensfreude, nicht geheuchelt. Sie erschien mir an diesem Abend besonders schön, sie war Lesbe, ich beherrschte mich. Ich stellte Helmut vor.

Bald sprachen sie über solche und solche Frauen.

Sie sagte: Ich bin in festen Händen; sie würde mich entbeinen, wenn ich fremdginge. Was war das? Lockte sie Helmut? Mein Wahn. Deutlichkeit waren verbrannte Hände – man konnte nichts mehr berühren. Sie fragte, wie es mir ergangen war –

was antworten? Ich sagte: Erst gut, dann schlecht. Sie ließ sich die Geschichte in aller Länge erzählen. Sie fragte Helmut nach seiner Meinung. Helmut: Reiche Tingeltangelliesschen, beide schön, beide labil, Geld macht Fassade – wehe dir, wenn du dich vertust: Dann bist du Frauenfutter. Die Lehrerin lachte sich Tränen in die Augen. Männerfleisch, in kleine Happen geschnitten im Napf, sie fand das sehr lustig. Helmut und ich stierten blöde. Sie trank aus und bestellte das nächste Glas. Das kleine Gerät in meiner Tasche klingelte, ich ging raus, bellte ins Telefon.
Ja?!
Sie haben etwas, was mir gehört, sagte Sillinger.
Wie bitte?
Die Schuhe und Socken meines Mannes.
Ich schicke sie Ihnen morgen zu, sagte ich.
Die Portokosten übernehme ich.
Nicht nötig.
Sie sind gut angekommen.
Kein Unfall.

SENGEND

Wissen Sie was? Sie können die Sachen behalten, sagte sie.
Woher der Sinneswandel?
Iris hätte mir nicht verziehen. Ich will mich nicht für Ihre Unverschämtheit rächen.
Ich höre wohl nicht richtig, rief ich, Sie sind eine Bourgeoise. Suchen Sie sich einen anderen Knaben, der nach Ihrer Pfeife tanzt.
Ich bin mit meinem Leben zufrieden.
Schön für Sie, sagte ich, dann altern Sie in Würde, verdammt noch mal.

Lange stand ich draußen im Dunkeln. Helmut verabschiedete sich mit den Worten, einem baldigen Wiedersehen stünde nichts im Wege, er würde anrufen. Wir werden wieder Freunde, dachte ich. Ging hinein. Lehrerin, kleiner Schwips, übermütig, sie küsste mich, nagte an meinen Lippen, küsste mich lange. Komm, sagte sie. Wir gingen hinaus auf den Hinterhof, zwischen den gestapelten morschen Stühlen und der hohen Mauer legte ich mich auf

den Rücken. Sie zerrte an meiner Hose und Unterhose, setzte sich auf meine Leisten, umschloss mein Gesicht mit beiden Händen. Langsam. Langsamer. Ich flüsterte: Mein Gott. Langsam, langsamer. Ich flüsterte: Ich komme bald. Sie sagte: Ja. Dann: Glück.
Beim Abschied sagte sie: Das bleibt unter uns.
Ich nickte, ich lächelte ihr zu. Lange stand ich im Hinterhof. Ging hinein. Wollte bezahlen. Der Wirt winkte ab – Helmut hatte uns eingeladen.

Der nächste Tag verging schnell. Rechnungen bezahlen, einkaufen, zwischendurch nichts tun. Schlafen. Am zweiten Tag nach meiner Rückkehr rief der Galerist an, bat mich, vorbeizukommen.
Auf dem Weg zur Galerie sah ich Sonja, sie winkte mir von der anderen Straßenseite zu, ich winkte zurück. Weiter. Ich spürte ihren Blick. Eins sieben fünf sechs. Mozarts Geburtsjahr. Lukas grüßte knapp.
Ihr Porträt, sagte er, sie hat es per Kurier geschickt. Beiliegend ein Brief.

Lass mich raten, sagte ich, sie ist unzufrieden.
Falsch. Du hast vergessen, zu signieren.
Darauf legt sie Wert?
Er reichte mir einen Stift, wasserfeste lichtbeständige Tinte. Unterschrift, Jahreszahl. Lukas würde sich um die Sendung kümmern.
Er sagte: Schau dich nach einer anderen Galerie um, ich mach den Laden dicht … Seine Pläne: Schlussstrich, Umzug in eine andere Stadt, keine Kämpfe mehr, vielleicht wieder als Dolmetscher arbeiten.
Er bat um die Abholung meiner Bilder bis spätestens in drei Wochen. Drückte meine Hand: Tapferkeit in der Not. Ein Mann, der das Übel mit Strunk und Stiel ausriss. Besser werden.
Im Gehen öffnete ich den Umschlag, feines Briefpapier, zwei Seiten, linksgeneigte Schrift, die Worte kurz davor, auf den Rücken zu fallen:

Lieber Edouard,
Signatur bitte unten rechts, neben meiner Schulter, sehr freundlich.

Vielleicht ist es für Sie von geringem Interesse, aber ich mache trotzdem Mitteilung von den Geschehnissen vor Ort. Einige Stunden nach Ihrem recht stürmischen Aufbruch reiste auch meine Tochter ab. Sie glaubt an Ihr Talent. Ich musste ihr versprechen, mich nicht zu Dummheiten hinreißen zu lassen. Seltsam ist das. Sonst sind es doch Mütter, die die Ungeratenheit ihrer Kinder beklagen. Noch am selben Tag pochte der Mann, den ich als Schuldigen beargwöhne, an meine Tür. Er übergab mir Ihren Schuh, entschuldigte sich für die tumultuösen Tage der Erregung – seine Worte.
Ich vergebe ihm. Reue empfindet er nicht. Er muss sich aber schonen, sonst droht ihm ein Infarkt.
Bei unserem letzten Telefonat waren Sie unverschämt. Es würde sich für Sie auszahlen, wenn Sie sich der Ruppigkeit entwöhnten. Zur Selbstbegeißelung neige ich nicht. Trotzdem: Ich hätte Ihre Iris-Skizze nicht zerreißen dürfen. Nun haben Sie mich für immer als Kunstbeschädiger in Erinnerung. Der Tisch hat vier Beine, das vergesse ich manchmal …

Ich stolperte, stopfte die Seiten in die Tasche, den Umschlag ließ ich fallen. Lukas wagte einen neuen Anfang, Sillinger lebte als fleischgewordene Tugendbüste weiter. Und ich? Verkaufte süßen Zwieback. Soff zwei Mal die Woche. Mückengesumm im Kopf. Zu Hause las ich weiter:

… Mein Porträt – Ihr Bild – hängt an der Wand. Sie haben mich gut getroffen. Unter Anleitung sind Sie bravourös. Lässt man Sie machen, entgleitet alles Ihren Händen. Wollte ich Sie beschreiben, vergliche ich Sie mit einem delirierenden Mönch. Mische ich mich in Ihre Angelegenheiten ein? Es ist lange her, dass mich ein mir fremder Mann derart beschäftigt hat. Vagabunden Ihres Schlages verzeichnen uns als »Bourgeoise«. Wir lachen, wenn wir erheitert sind. Bekümmerung soll man uns nicht ansehen – das nennen die Frei- und Feinsinnigen Fassade.
Genug der Worte. Seien Sie mir nicht gram.
Ich wünsche gutes Gelingen und unanstrengende Tage …

Unterschrieben hatte sie mit Clara. Ich zerriss den Brief – ein Racheakt. Schade, es war kein Zeuge anwesend. Nachmittag, Abend, Nacht, ich malte sie, kalten Blutes. Mönch tat sein Werk. Keine Bußübung. Kein Erflehen der Erhellung. Mönch trug auf, verstrich, schabte Pigmentkörner ab, ließ Farbe trocknen, fixierte mit Haarspray. Ich unterbrach die Arbeit für ein Gespräch mit Mutter. Ihre Nachbarin Ernestine hatte sich vom Galan getrennt, sie hielt es nur für kurze Zeit aus, er konnte sie umstimmen. Ich sagte: Streitet ihr euch immer noch? Mutter nannte mich einen Rüpel, schrie, legte auf. Jemand spielte Gitarre und jaulte Innigkeit heraus, ich stellte mich ans Fenster, schaute auf einen dicken Dreißigjährigen an der Bushaltestelle. Sein Leben, mein Leben, sie berührten sich, ich zuckte zusammen. Knilchbesessenheit.

Bild schöner machen, auf Knien, als spräche ich ein Bittgebet, das tat ich vor der Staffelei, ein altes Bild, das nichts taugte. Machte schön, bis ich aus

Wut ein Loch in die Leinwand bohrte. Scheuerte mir Schmerzen in die Knie, zerriss schönes Bild mit Loch, riss mir die Hautfalte zwischen zwei Fingern auf. Sommerelend des Pfuschers, es brachte mich um. Ich ließ den Blick schweifen und sah: Hausrat eines Mannes. Gegen den Staub konnte ich nicht gewinnen. Packte für vier Tage, lief blind zum Bahnhof, stieg nach kurzem Warten in den Zug ein, saß wie ein erschlaffter Blinder auf meinem Platz, stieg Stunden später wieder aus. Keine Ablenkung, keine Umwege, ich klingelte, sie war nicht zu Hause. Sie anrufen? Nein, ausharren. Nachbarn und Passanten, sie achteten nicht auf den Eindringling in Sillingers Garten. Sie kam im Abenddämmer, entdeckte mich, kein Zögern.

Ein Geschenk, sagte ich, diesmal keine Mozartkugeln.

Ein Bild, sagte sie.

Ein Porträt.

Ein zweites?

Ein erstes, sagte ich.

Sie riss das Packpapier auf, hielt die Leinwand gegen das Verandalicht, lächelte mich an.
Die Katze.
Ich habe sie aus dem Gedächtnis gemalt.
Die Ohren sind zu lang geraten, sagte sie, aber sonst sehe ich eine große Ähnlichkeit.
Ihnen entgeht kein Makel, oder?
Wollen wir uns vielleicht lieber bei einem Glas Wein streiten?
Ist es Ihnen recht, dass ich bleibe?
Sie sind ein dummer Mann, sagte sie.
Ich folgte ihr, hängte meine Jacke an den Haken des Garderobenständers, stieg die Treppen hoch, wusch mir auf der Gästetoilette die Hände. Später saß ich in der Küche und trank. Wir sprachen über ihre Katze, die draußen jagte. Sie stand auf, um eine zweite Flasche zu öffnen. Ich stand auf, sie drehte sich zu mir um und küsste mich.